A JANELA

Terceira Edição

TARCISIO LAGE

São Paulo
Edição do Autor
2012

Copyright © 2010 Tarcisio Lage
All rights reserved.
ISBN:1468153846
ISBN-13: 978-1468153842

Ficção brasileira - Romance

Revisão
Iveline Lucena

Gravura da capa
Adão Pinheiro

A feiticeira não deixarás viver
Êxodo, 22, 18

PRÓLOGO

O dia amanheceu encardido, nuvens muito altas, chumbadas embaçavam a luz do sol. Não houve, como que prenunciando a tragédia, a algazarra costumeira da passarada que tomava conta do pomar, nos fundos da casa da fazenda. Um silêncio abafado, recortado aqui e ali por um pio isolado, um coaxar tímido, um berro assustado. Até o Chico Menezes, que comandava o curral e a equipe dos tiradores de leite, estava silencioso; sem contar suas bravatas de quem pegava touro à unha e comia todas as moças da redondeza. Sá Belarminda, o retrato da apreensão estampado no rosto, mascava fumo sem parar, como se isso pudesse borrar o quadro do futuro bem próximo que seus olhos pressagiavam, através da janela da ampla sala do casarão.

A moça de tranças acordou, mais tarde do que de costume e, ainda de camisola, foi quase empurrada, por uma vontade que não era sua, a se debruçar na janela com o queixo apoiado nas mãos, os imensos olhos cinza fixados no horizonte - até serem atraídos por um anu preto que pousou suave nos galhos do jasmineiro tão apreciado. O dia se tornou mais opaco, as nuvens engrossando nas alturas, e a moça compreendeu que não havia mais saída, que os dados estavam definitivamente lançados...

1
FIHINHA

— Não se conta impunemente a história de uma bruxa. Você pode sair chamuscado.

— Eu sei, eu sei.

Mas o fascínio era muito grande, não tinha como retroceder.

Devia ter uns três ou quatro anos quando pela primeira vez ouvi o nome: Fihinha.

Depois disso, com a força da repetição, o nome gravou-se definitivamente num canto qualquer de minha memória. Foram décadas de ouvir contar a recordação que sobrevivia por mais de meio século na mente de minha mãe e de minhas tias. Muitos e muitos anos passados, numa dessas noites de insônia em que os demônios e as dúvidas nos atormentam, o nome aflorou de repente daquele pedaço escondido de minha memória. Foi, então, que eu comecei a reconstruir a história de Fihinha, ligando os fiapos das narrações ouvidas durante a infância e a adolescência. Numa primeira tentativa, as peças, quando tentei ver o conjunto, pareciam não se encaixar: havia muitas contradições, muitos senões, muitos pontos dúbios. Sentia um quê de falsificação nas peças do quebra-cabeça; o resultado era uma Fihinha mitológica, uma espécie de noiva de Frankenstein montada

...rações autocensuradas, mosaico com fragmentos ...am carne e osso na personagem e tudo mais que ...a de carne e osso. Desejei uma máquina do tempo ...inha em seu habitat, desvendar os mistérios em ...nalidade, na fonte. Na falta disso, servi-me do recurso mais prosaico de resgate do passado: entrevistar os que sobreviveram, revirar baús e cômodas com entulhos do passado, numa tentativa de reconstruir a vida de Fihinha com o máximo de fidelidade, sem as enganações a que as pessoas são levadas por culpa do envolvimento emocional. Mas será que eu, tantos anos depois - igual a minha mãe e minhas tias - não estaria de certa forma emocionalmente ligado a Fihinha? Talvez. Razão extra para saber quem ela realmente foi, mesmo que eu me chamusque.

***

Não a conheci pessoalmente. Quando ela morreu, meu pai ainda fazia a corte a minha mãe naqueles namoros da segunda década do século, sob a vigilância, às vezes, da família inteira.

Só deram as mãos, minha mãe num acanhamento de dar dó, meu pai sem jeito, na mira de tantos olhares, no quinto mês de namoro. Fihinha notou o constrangimento da irmã depois daquele primeiro contato que a deixou o dia inteiro de cabeça baixa, sem coragem de enfrentar os olhares zombeteiros, sentindo-se culpada, devassada, quase desvirginada. Naquele dia, ao fazer as tranças de Fihinha, como era de costume, minha mãe perdeu destreza, mal conseguindo desembaraçar os cabelos, machucando-a com puxões desnecessários.

- Sua boba, levante esta cabeça. As outras estão é com inveja.

***

Meu pai não era da cidade da minha mãe. Chamava-se simplesmente José ou Zé dos Montes. Porque era Montes o lugar de onde veio. Ou Zé Teimoso, apelido que lhe davam pelas costas; era homem de opiniões rígidas até sobre as coisas sem a mínima importância. Largou os estudos antes de terminar o quarto primário. Tentou a sorte como balconista na loja de aviamentos do avô. Não deu certo. Nunca teve tino comercial; uma inquietude interna lhe dizia que não podia passar a vida inteira atrás do balcão vendendo linhas e agulhas. Queria algo diferente, mas não sabia o quê.

- Vou correr mundo para ver se acho o meu lugar.

Seu mundo era pequeno, dava para ser percorrido a cavalo. Ajuntou seus trens num bornal, amarrou-o na garupa do alazão e partiu com a bênção da mãe e uns trocados no bolso, economizados em cinco anos de trabalho na loja do avô. Andou de fazenda em fazenda, trabalhando de vaqueiro - detestava! -, às vezes de carpinteiro, pois tinha certa destreza com as mãos. Bateu um dia à porta de uma fazenda muito bem cuidada, atendeu o próprio dono, esporas de quem voltava do campeio e um chapéu a Chevalier, em visível contraste com o resto. O rosto do fazendeiro era de apreensão, mas mesmo assim atendeu meu pai com delicadeza e o convidou para entrar e tomar uma xícara de café.

- Tá quentinho, acabamos de coar.

Simpatizaram imediatamente um com o outro. O jovem a cavalo tinha batido na porta certa, queria emprego e o fazendeiro, não muito mais velho do que ele, tinha cercas para fazer, currais para construir...

O semblante apreensivo do fazendeiro tinha sua razão de ser. No quarto do casal, no momento em que o cavaleiro chegou, dona Adelaide paria sua quarta filha, Felícia. Enquanto os dois tomavam café, começou a correria. A parteira pedindo água quente e minha avó, gemendo e gritando para o desconforto de meu avô, corado de vergonha diante de meu pai que não podia esconder o constrangimento ao ouvir tantos impropérios, jamais esperados, dos lábios de uma mulher em pleno labor do parto.

- Que praga de trem dolorido é parir.
- Carma, carma, dona Adelaide. Já tá saíno. Mais um pouquinho. Duê, dói, mas não é tanto assim...

- Não é tanto assim! Vira esta boca pra lá, Jararaca... Ai, que sofrimento. Isto é pior do que cagá tijolo requeimado.

Dezoito anos mais tarde, a menina que provocou tanta dor ao nascer casava-se com o cavaleiro que parecia ter encontrado ali o seu lugar no mundo...

***

Último de uma ninhada de dez, só fui nascer vinte anos depois da morte de Fihinha, tempo suficiente para cicatrizar qualquer ferida, por mais profunda que seja. Mas não a chaga deixada pelo súbito, inesperado e imprevisível incidente...

***

O único contato visual que tive com a aparência de Fihinha foi através de uma fotografia. De velório. Fihinha estirada num catre, mãos cruzadas sobre o peito coberto pela mortalha branca, o rosto pálido como cera, máscara de uma virgem que só não deixava saudade, mas também e, sobretudo, paixões desenfreadas que iriam marcar a vida de toda a família, anos a fio. No meu caso, que não a conheci pessoalmente, fruto de outra era, era inexplicável tamanha obsessão que ia muito além da vontade de um pesquisador neutro, apenas sequioso de recompor uma história. Havia algo mais, embora eu ainda não soubesse o quê.

Morreu com um tiro no peito, disparado de uma espingarda calibre 12, de caçar anta, que naquela época ainda existia na mata que circundava a propriedade de meu avô, a então próspera Fazenda do Capim Alto. Não gemeu. Com o coração estraçalhado, a vida fugiu-lhe na hora, o corpo pendido na janela, o sangue jorrando aos borbotões em meio aos gritos de desespero da mãe, que segurava uma faca de onde escorria o sangue de um frango recém-degolado, uma pincelada de patético à tragédia. O estampido e os gritos atraíram todos os empregados, que formaram um círculo de figuras exibindo susto e curiosidade ao lado da janela da desgraça. Meu pai, já noivo de minha mãe, foi o primeiro a tentar socorrê-la, mas já era tarde, o corpo pendido estava sem vida, mais morto do que o frango degolado, que terminou virando ensopado para os convidados ao velório.

***

Fihinha era a mais velha das seis irmãs, a quarta sobrevivente de uma prole de onze irmãos e meios-irmãos, reunida por obra e graça do casamento da viúva Adelaide Matoso com o viúvo Amadeu Trindade. Ela, viúva de um primo de Amadeu; ele, viúvo de uma prima de Adelaide, provocando uma confusão parentesca das mais complicadas. Fihinha, fruto do casamento de Adelaide com o primo de Amadeu, Aristides Andrade, não era irmã, mas apenas prima em terceiro grau de Afonso Trindade, filho de Amadeu com a prima de Adelaide, Arminda da Anunciação Trindade. Dos irmãos, apenas Orlando, o mais velho, e Sebastião, o Tião do Carteado, eram irmãos de pai e mãe de Fihinha. Todas as mulheres, Maria das Graças, Felícia, Celma, Selena e Alzira eram apenas meias-irmãs de Fihinha. Meios-irmãos eram também Pedroca e Flúvio. Para evitar que vocês fiquem fazendo contas e comparações a fim de compreender quem é quem nesta meleca familiar, fiz um esquema mais ou menos gráfico:

Casamento Aristides-Adelaide
Aristides Filho (viveu 30 dias)
Orlando Andrade
Sebastião Andrade
Maria Amélia Andrade (Fihinha)

Casamento Amadeu-Arminda
Afonso Trindade Pereira

Casamento Amadeu-Adelaide
Pedro Pereira (Pedroca)
Maria das Graças Pereira

Selena Pereira (Lena)
Felícia Pereira
Celma Pereira
Flúvio Pereira
Alzira Pereira

  Em comum, toda essa gente era dominada pelo fascínio exercido por Fihinha. Uns dedicavam-lhe admiração sem limites, mesmo quando ela abusava fazendo-os de capacho e empregados; outros morriam de inveja de seus dotes, nem sempre uma inveja explícita e sim velada, reprimida e recalcada.

  -Felícia, a água está quente. Vá buscar outro copo do pote da cozinha!

  Faz favor, tenha a bondade, eram termos desconhecidos de Fihinha. Era uma adepta do imperativo, certa de que o mundo lhe pertencia com todos os direitos. Sentia-se uma privilegiada vendo todos a seus pés. De uma maneira tão espontânea, que poucos enxergavam sinais da arrogância natural em seres desta espécie. Apurei isso depois. As histórias que me contaram eram bem outras.

  Nas histórias que ouvi em minha infância só havia admiração pela irmã mais velha, ninguém se roía de inveja e despeito, sabendo que Fihinha ganhava de todas em beleza, elegância e em charme, que atraía todos os olhares.

  Dos meios-irmãos, Pedroca era o preferido de Fihinha. Talvez porque fosse o mais inconformado com a estreiteza dos limites da fazenda do Capim Alto. Seu mundo era muito mais amplo do que o de meu pai, não dava para ser percorrido a cavalo, necessitava das asas da imaginação para explorá-lo. Pedroca era um mestre que, cedo, aprendeu a voar neste universo à parte; seu conceito de verdade era preciso como o tamanho do peixe em história de pescador. Pedroca mentia com a convicção de um monge, de uma testemunha de Jeová brandindo a Bíblia contra os hereges.

  - Eu nunca tinha pegado um dourado tão grande. Tinha no mínimo seis palmos de comprimento, juro por tudo que é santo.

A Janela

O bicho puxou com tanta força que quebrou a vara. Pulei n' água, abracei o bruto e trouxe ele pra fora...

— Cadê ele, cadê o dourado, Pedroca?

— Ocês não vão acreditar... A cambada de ciganos acampada na beira do rio roubou meu dourado. Virei as costas um tiquinho de nada e eles levaram meu dourado. Raça desgraçada!

Fihinha deliciava-se com as histórias de Pedroca, às vezes gargalhava — sem exagero, para não comprometer seu porte de rainha da fazenda. Os dois, Fihinha e Pedroca, passavam horas conversando; ele, deitado em seu colo, sentindo uma estranha sensação com cheiro de incesto, enquanto a meia-irmã, destra, espremia suas espinhas de adolescente e acariciava sua cabeça. Afonso Trindade, o primo com status de irmão, padecia de ciúmes, queria estar deitado naquele colo, queria ser o preferido e não ser olhado com desdém e desconfiança. Talvez fosse por isso que brigava tanto com Pedroca; por qualquer coisinha saíam no tapa.

— Por que ocê tá me olhando com essa cara?

E toma lá pescoções e pontapés.

Amadeu era um paçoca que parecia ter transferido o pouco de autoridade que tinha para a mulher.

— Parem com isso, meninos, ocês vão machucar.

Palavras ao vento, incapazes de impedir o festival de porradas. O sangue jorrando do nariz de Pedroca, as marcas de seus dentes visíveis na orelha de Afonso. Adelaide, de chicote na mão, porque com ela autoridade era na base da chibata e de palavrões que não eram comuns na boca de dona de fazenda:

— Cambada de pestilentos desgraçados, filhos da puta.

Gritos e silvos de chicote, mas o ódio mútuo dos dois era maior, dois Cains, porque nenhum deles queria ser o Abel. Só uma pessoa conseguia apartá-los, só uma voz tinha o dom mágico — como Jeová trovejando das alturas uma ordem que não podia deixar de ser acatada.

— Parem com isso, seus bestinhas.

Belarminda, a velha empregada que conhecera na juventude o fardo da escravidão, versada em mandingas e benzeduras, era a mais perceptível àquele domínio pouco comum que Fihinha tinha sobre os irmãos. Estava certa de que a menina com rosto de anjo era na verdade uma bruxa, uma entidade poderosa, uma controladora de espíritos. Todo mundo pensava que o longo sinal da cruz feito por Belarminda era em agradecimento ao fim da briga e da gritaria. Mas não era. Era um sinal da cruz de preocupação, de puro medo daquela garota de tranças, que tinha um olhar mil vezes mais forte do que as chicotadas da mãe.

***

- Conte-me mais sobre Fihinha.

Já eram passados 40 anos desde o dia do estampido que mudou, definitivamente, a sorte da fazenda do Capim Alto. E mesmo depois de tanto tempo, ao ser indagada sobre a irmã morta, os olhos de minha mãe encheram-se de lágrimas.

- Chega, sua alma descansa em paz. Já falamos muito dessa tragédia. Chega.

Não chegava para mim. Insisti e, maldosamente, fui buscar não só a fotografia do velório, mas também a camisola estraçalhada pelo chumbo e com a nódoa de sangue, negra com o tempo, guardada no fundo de uma cômoda na despensa de nossa casa. Queria testar se essas relíquias ainda tinham um poder mágico sobre minha mãe. Tinham. Seus olhos se perderam, fixos em algum ponto da parede, como se ela tivesse sido transportada para a cena da tragédia. Provoquei:

- Então, foi por amor que ele a matou?
- Não, não e não. Foi por covardia. Por despeito.

Ninguém mata ninguém por amor. Desgraçado...

Ah, vocês não podem avaliar o que significa um "desgraçado" saindo da boca de minha mãe. A palavra dita pelas outras irmãs jamais teria o mesmo peso, jamais encerraria em dez letras tanto rancor acumulado durante tantos anos. Diferente de sua mãe, Felícia odiava os palavrões e reprimia a chineladas toda vez que ouvia um filho dizer qualquer impropério. Chineladas e avaliações precisas para cada palavrão. Por exemplo, fedaputa ela classificava de "nome que cheira defunto". Merda, "só sai de boca suja".

Contra as obscenidades, se ouvia algum de nós dizer boceta, caralho ou foder, ela mudava automaticamente o alvo de sua chinela repressora, da bunda para a boca. Meu irmão Genésio perdeu três dentes ao cabo de umas vinte chineladas desfechadas por uma Felícia transtornada. Só porque, diante da pergunta insistente de uma de minhas irmãs, "quem é, quem é, quem é?", ele respondeu:

— É a mulher do quenquém. Abre o cu que o cavalo vem.

Mas, de todos os palavrões e obscenidades, nenhum deles tinha um efeito tão forte na minha mãe como as dez letras de desgraçado. Pior ainda quando o desespero movia os lábios ao pronunciar "desgraça" ou, mais forte ainda, "desgraça pelada". Estivesse fazendo o que fosse, minha mãe parava para um sinal da cruz e se tornava vermelha, como que realmente tocada por algo maléfico.

— Não diga isso, quem chama atrai!

Mesmo a variante mais amena, "desgramado", era inadmissível nos limites de minha casa. Aquela foi a primeira e a última vez que ouvi minha mãe pronunciar com tanta ênfase, frisando cada uma das quatro sílabas, a palavra des-gra-ça-do. Era como se a palavra estivesse há meio século entalada em sua mente, era como se a foto de Fihinha lhe transmitisse uma ordem — só que, ao invés de dizer "Felícia, vá buscar um copo d'água", "Felícia, venha desembaraçar meu cabelo", "Felícia, arrume minha cama" —, ela lhe dizia gritando no seu silêncio:

— Não, o desgraçado não tem perdão!

***

A fazenda do Capim Alto estava a uma légua de distância do arraial mais próximo: Santo Antônio das Tabocas, na época em que Fihinha morreu, não mais do que um aglomerado de umas cinquenta casas, umas dez de tijolo, as outras de pau a pique, espalhadas por duas ruas mal traçadas. Na estação das chuvas era um barreiro infernal, misturado com o bosteiro de cavalos e bois, montados ou puxando carroças que iam deixando seus sulcos pelas ruas. O ponto central de Santo Antônio das Tabocas era a Praça da Bica. Havia um rego de um córrego que tangenciava o arraial, o Riacho das Galinhas, levando a água que era descarregada num bebedouro de madeira através de um cano de bambu. A bica para onde convergiam todos os cavaleiros e carroceiros para saciar a sede de seus animais. Um ponto de encontro de amigos, mas também de inimigos jurados. Não era pois, mera coincidência, que a Praça da Bica tivesse presenciado tantos tiroteios e facadas - como se a água fresca e limpa, saindo pelo tubo de bambu, estivesse ali para lavar a honra dos desacatados e o sangue dos desrespeitadores. Na época do estio, a bica quase secava; sobrava apenas um fiozinho de água e uma poeira fina acumulava-se nas ruelas estreitas, uma poeira cinza, produto de tanto estrume moído por rodas e patas. Formava-se uma camada espessa de 20 a 30 centímetros, tornando os dias de ventania insuportáveis.

Era por isso que Selena preferia ficar o tempo todo na fazenda e era, assim, rotulada de uma dondoca incapaz de suportar um pouquinho de pó em suas narinas delicadas, quando na verdade a pobre coitada era vítima de uma alergia sem cura. Mas naquele princípio de século, no interior de Minas Gerais, alergia não era doença, era fita de filha de fazendeiro rico. Pobre, quando tinha, era logo discriminado como tuberculoso ou doente do pulmão.

Coube a Sebastião Andrade, o irmão de pai e mãe de Fihinha, introduzir o primeiro automóvel - um Ford Bigode - nas ruas de Santo Antônio das Tabocas, contribuição valiosíssima para elevar o nível da poeira. Mas o que Tião contribuiu mesmo, em franca concorrência com seus irmãos, Afonso e Pedroca, foi para a dilapidação do patrimônio da fazenda do Capim Alto - mil alqueires de terras férteis regadas por dois riachos que lhe davam um verdor contrastante com o cerrado ressequido das propriedades em volta. Tião do Carteado odiava as vacas da fazenda, sempre gordas, vivendo em pastos que justificavam o nome da propriedade. Dali, a única coisa que lhe agradava era o cheiro da cachaça saindo fresquinha do alambique, mas preferia bebê-la entre reis e rainhas, valetes e curingas no carteado do Bar Central. Um nome pomposo para um boteco que exibia na prateleira umas dez garrafas de cachaça, umas duas de conhaque São João da Barra, um vidro de balas e uns salgados e doces, sempre atacados por uma legião de mosquitos. Duas mesas sempre balançando, devido ao desnivelamento do assoalho e umas cinco cadeiras para os fregueses do fim da tarde completavam o ambiente. À noite, o bar ficava sem as mesas e as cadeiras, transferidas para um quartinho nos fundos onde se jogava truque, pôquer e sete e meio.

 O Ford Bigode foi comprado em Belo Horizonte, à vista, com o produto de uma noite de sorte de Tião do Carteado no quartinho do Bar Central. Mas isso foi uma exceção, ele não tinha a sorte de Pedroca, que quase sempre ganhava, até o dia em que a sorte mudou, para ele e toda a família. Pior no jogo do que Tião era o Afonso, o azarão do Bar Central.

 - Hoje a gente tira a barriga da miséria, lá vem o pé frio do Afonso Trindade.

 Se Tião, Pedroca e Afonso tivessem sido mais observadores, eles não teriam perdido tanto dinheiro no jogo. Mas eles não sabiam, o que sabia, com tanta certeza, a velha Belarminda. Para ganhar era tão simples, bastava, como Pedroca fazia, ir ter-se com Fihinha antes de partir para a jogatina, acariciar seus cabelos e pedir:

 - Mana, deseje-me sorte.

 Se ela sorria (e para Pedroca ela quase sempre sorria) era uma noite de ganho, se fechava a cara, era melhor evitar o quartinho do Bar Central.

 Na noite de sorte, que lhe valeu os dez contos do Ford Bigode, Tião, excepcionalmente, submetera-se a todos os caprichos da irmã.

 - Que manga bonita – disse Selena, olhando para as grimpas da mangueira.

 - É minha - cortou Fihinha, que lançou, em seguida, um olhar penetrante em direção a Tião.

Sem dizer nada, ele subiu na mangueira, apanhou a fruta e a entregou a Fihinha, enquanto Selena se retirava trincando os dentes de ódio e inveja.

"Dondoquinha!", pensou, quase em voz alta, e tropeçou indo ter com o nariz no chão em meio ao pensamento.

Neste mesmo dia, Tião tomou o partido de Fihinha numa briga com Celma. Não era do feitio de Tião meter-se nas rixas das irmãs. Além do mais, consciente ou inconscientemente, ele sentia o domínio da irmã e tentava, por todos os meios, reagir, resistir. Há apenas dois dias - coincidentemente quando perdeu adoidado no Bar Central - Tião tinha agredido Fihinha com as duas palavras que ela mais odiava:

- Dondoquinha mimada!

Mas no dia da sorte, algo, não se sabe o quê, lhe disse que a Dondoquinha tinha mesmo de ser mimada. À noite, quando saía para o carteado diante do olhar cabisbaixo de Amadeu e os protestos de Adelaide, Fihinha lhe disse com voz irônica.

- Hoje ocê vai ter sorte.

***

As crianças da fazenda nutriam por Belarminda um verdadeiro pavor, certas de que era uma bruxa, além de ser uma ótima cozinheira, mesmo abusando da gordura de porco, como manda a tradição mineira. Sua especialidade, menu obrigatório todo fim de semana em Capim Alto, era arroz com suã. A espinha do porco partida em grandes pedaços, temperada com muito sal e pimenta do reino, sem o menor cuidado para retirar os excessos de gordura. Já, antes, o alho e a cebola eram dourados em nacos de toucinho derretido onde o arroz era refogado. Depois era só deixar cozinhar em fogo lento até que o cereal ficasse bem mole e o tutano se despregasse dos ossos dos pedaços da suã. Uma delícia nadando na gordura que Amadeu comia até não poder mais, enquanto sorvia, entre as garfadas, a pinga de seu alambique. Fihinha não gostava. Apenas lambiscava um pouco do arroz sem esconder a expressão de nojo e saía em busca de alimentos mais sadios, mangas, ameixas, laranjas, amoras colhidas no pomar da fazenda. Adelaide queixava-se, mas sem irritação, sem a voz de comando que sempre dirigia às outras filhas.

- Fihinha, cê precisa comer uns trem com mais sustança.

Sá Belarminda tinha realmente outros dotes, além dos de cozinheira, que justificavam sua fama de feiticeira. Menino sofrendo de mau olhado ou de sarampo não precisava ser levado ao médico, a preta velha era também a curandeira da fazenda e na maioria dos casos curava, com seus passes e danças em torno do doente. Mas fracassava sempre que Fihinha aparecia na hora da reza, abrindo a porta de mansinho como quem não quer importunar e descarregava seu olhar irônico sobre as rezas e feitiçarias. Quase ninguém percebia a sutil provocação, seu ombro se contorcendo numa expressão de deboche que tomava conta do corpo inteiro, enquanto se retirava, pisando macio como uma gata. Nesses casos, não havia reza que valesse. Belarminda não conseguia cortar nem uma simples catapora, tampouco tirar o mau-olhado que deixava o bebê mole como uma flor que quisesse murchar. Realmente não combinavam os fluidos emitidos pelas duas; alguém puxado para o místico diria "um choque de entidades sobre-humanas". E Fihinha parecia ter a energia mais forte, pois estava sempre no ataque, um ataque velado só perceptível por ela e Sá Belarminda.

No dia da sorte de Tião, Fihinha foi à cozinha, encheu um copo de leite e o bebeu de gole em gole, alternados com mordidas na manga, lambendo os beiços, diante do olhar horrorizado de Belarminda. Criança, ainda escrava, aprendera que manga com leite mata mais do que estricnina e lá estava a capetinha sorvendo o veneno como se comesse a coisa mais gostosa do mundo.

***

-Maria Sapeca, senta para apagar o fogo.

Maria Sapeca. Se alguma das outras irmãs ousasse chamá-la assim, Maria das Graças colocaria a casa abaixo. 'Senta para apagar o fogo" teria o efeito de uma declaração de guerra, mas Fihinha, com seus olhos cinza, era a dona da situação, fazendo a irmã engolir em seco a provocação e sufocar o ataque histérico prestes a explodir. Com o correr do tempo, Graça (este era um apelido que ela gostava) tornou-se mestre no jogo da histeria. Era com sapateios, gritos agudos e esperneios que ela conseguia quase tudo que queria do pai, desde que Adelaide nem Fihinha estivessem por perto. Adelaide tinha um chicote sempre à mão, capaz de cortar qualquer chilique, já Fihinha tinha os olhos, os olhos cinza...

Tantos anos depois, na minha fase de pesquisa, era incrível a admiração, o afeto que dona Graça ainda guardava pela irmã. É, gente, a Maria Sapeca se transformou em dona Graça ou simplesmente em Mãe Maria. Primeiro para os parentes chegados, mas não tardou muito para todos que a conheceram.

- Fihinha foi a pessoa mais excepcional que conheci em toda minha vida. Foi a mais bela de todas. A mais inteligente. Sem nunca ter ido à escola, aprendeu a ler com cinco anos de idade. Sabia cativar todo mundo. Até minha mãe, geniosa, que não admitia ser contrariada em nada. Quantas chicotadas levamos. Eu, a Celma, a Felícia, a Selena, a Alzira... Mas nunca, que eu saiba, nunca minha mãe deu um tapa sequer em Fihinha. Não recordo de tê-la visto, sequer, levantar a voz contra ela.

- A senhora acha que ela era uma bruxa?

- Crie respeito! Não admito que diga uma coisa dessas de minha irmã. Sua alma está no céu, ouviu, no céu! Foi uma pessoa muito boa, não merecia. Desgraçado, filho da puta!

- Mas não foi por amor?

- Amor? Amor com amor se paga e não com tiro. Foi por despeito, espero que esteja pagando o mal que fez.

- No purgatório ou no inferno?

Ela não respondeu. Li em seu olhar que a entrevista tinha acabado e suspeito que a resposta fosse "no inferno".

***

O momento mais agitado na fazenda do Capim Alto, a hora da correria, era por volta das seis da tarde, quando começava a escurecer. Uma rotina diária, como se ninguém na fazenda fosse capaz de fazer uma previsão tão óbvia. Era o momento de preparar as lamparinas, umas sem querosene, a maioria com o pavio curto e a voz de dona Adelaide trovejando pela casa toda:

- Praga de gente, cadê as lamparinas?

Era de lei uma lamparina pelo menos em cada quarto, mesmo porque, com exceção de Fihinha, todas as irmãs morriam de medo do escuro, certas de que estavam na mira da assombração da gameleira, uma alma penada que mal escurecia, ia encostar-se ao tronco da enorme árvore, onde passava a noite gemendo, um gemido de culpa... Dizem que era a alma de um fratricida que matou o irmão gêmeo para ficar com a herança toda que o pai deixou ao morrer. Para as irmãs de Fihinha, a lamparina não tinha apenas o dom de clarear o ambiente, muito mal - diga-se de passagem -, mas, sobretudo, era uma arma poderosíssima contra almas do outro mundo. Dormiam a noite toda com a lamparina acesa, haja querosene e haja pavio. E o fratricida ficava lá mesmo, debaixo da gameleira, ao relento, com seus gemidos de arrependimento eterno, certamente repelido pelo cheiro do querosene queimado que poluía a casa toda.

Lamparinas em todos os cantos da casa, mas não na sala de estar que, à noite, se transformava num grande salão de jogo, onde os gritos de "vale seis", "truque" eram suficientes para abafar gemidos de condenados, berros de bezerros perdidos e o crocitar da coruja que costumava pousar no galho de uma árvore ao lado da gameleira, a fim de formar um dueto de lamentações com o fratricida. Na sala do truque, bem no meio, antecipando a luz elétrica que levaria uns bons anos pra chegar, estava o lampião de tela incandescente, o melhor em matéria de tecnologia que podia chegar a uma fazenda do interior de Minas Gerais na alvorada do Século XX.

Dona Adelaide nunca ouviu falar das sufragistas, mas agia com a autonomia que elas recomendavam. Não só administrava a fazenda, instruindo as criadas para o preparo da comida destinada a um batalhão de uns 50 empregados, familiares e fila-boias costumários, mas, também, o que era muito frequente, entrava na sala de supetão e impedia que o marido fechasse um negócio que lhe era desfavorável.

- Cinquenta bois por 10 contos? Aqui não! Cria jeito, Amadeu. Não está vendo que o moço aí tá passando a perna nocê?

O moço em questão, na verdade o respeitado Zezinho Boiadeiro, que comprava vacas de corte para abastecer os açougues de Belo Horizonte, cismou em dar de machão em cima de dona Adelaide.

- Afinal, quem é que negocia nesta casa, o home ou a muié?

- Com ocê, ninguém, seu cachorro. Fora desta casa!

Zezinho Boiadeiro, sem ouvir o tímido "desculpe, não faça caso" do Amadeu, foi metendo o chapéu na cabeça e se retirando sem as vacas gordas, desistindo de um negócio que lhe parecia, antes, cair do céu. Do outro lado da sala, Dona Adelaide apontou a porta de saída com o indicador da mão esquerda, porque, com a direita, segurava seu chicote.

- Ocê não pode fazer isto - disse Amadeu com sua voz mansa, depois de um longo suspiro de impotência.

Dona Adelaide simplesmente virou as costas para o marido e voltou para a cozinha, resmungando

- Seu plasta!

Nas noites de truque - e eram praticamente todas as noites - Adelaide era a que mais gritava, xingando o naipe errado que lhe chegava das mãos do azarado do Francisquinho.

- Filho da puta, vai benzer esta mão. Vem cá, minha Fihinha. Senta aqui ao lado de sua mãe.

"Fihinha" era Fihinha. Quando ela entrava na sala, os outros jogadores sentiam um arrepio, sabendo que Adelaide não ia mais perder, que seus gritos de "truque, vale seis" iam ser cada vez mais intensos, enquanto fumava, um atrás do outro, seus cigarros de palha, previamente preparados. Amadeu não jogava, mas sempre ficava na sala, tumbando e bebendo com os outros jogadores a cachaça recém-saída do alambique. Às dez da noite - outra rotina da fazenda - Amadeu dizia:

— Fihinha, tá na hora de dormir, Fihinha.

— Deixa a menina em paz. Sono demais atrapalha os miolos. Truque!

Debaixo das cobertas, tremendo mais de medo do que de frio, pois era a mais sensível de todas à história do condenado da gameleira, Felícia dedilhava o terço, pelo menos um rosário completo, antes de conciliar o sono. Pedia, em sua reza, que Deus tivesse compaixão de sua mãe, que não se impressionasse com aquelas palavras feias que saíam de sua boca e o vício de jogar e fumar - porque, no fundo, era uma pessoa muito boa, mãe amantíssima e esposa fidelíssima -, ainda que, na hora da jogatina, fizesse observações um tanto quanto impróprias para uma dona de casa de respeito.

— Maricota, apaga o fogo entre as pernas e presta atenção no jogo!

Maricota, mulher do Francisquinho, ficava num esfrega-esfrega com o marido, demorando nas jogadas muito mais do que permitia a paciência de Adelaide. Mas, se as mãos do Francisquinho passeavam pelo corpo da mulher, acariciando seus braços, coçando suas costas e, às vezes, sorrateiramente, apalpando suas coxas debaixo da mesa, seus olhos não conseguiam fugir da menina de tranças sentada na sua frente. Francisquinho não era, nem de longe, uma exceção entre os jogadores que frequentavam, quase diariamente, a sala da fazenda do Capim Alto. Todos eram presas do fascínio exercido por Fihinha, embora soubessem que ela estava, de corpo e alma, fora do alcance. Francisquinho, João Pacheco e Zé Donato, irmão mais velho de Amadeu, eram os parceiros habituais. Pacheco era o que fazia menos sacrifício, dono da fazenda ao lado, bastava uma cavalgada de dez minutos. Francisquinho, proprietário da loja de tecidos e aviamentos em geral, então sem concorrente em Santo Antônio das Tabocas, tinha de viajar trinta minutos de charrete e o fazia, mesmo nos dias de chuva, com Maricota a tiracolo que ia, talvez, só para não deixar o marido inteiramente à mercê da pequena bruxa de tranças. Zé Donato ia só, sempre em seu cavalo malhado e, quando chegava, todos sabiam de sua presença pelo som das esporas tocando as escadas e o ladrilho do alpendre. Seu porte era de fazendeiro, bigode grosso, chapéu de boiadeiro e a capa nunca esquecida, fizesse o tempo que fizesse, pois servia para proteger da chuva ou da poeira. Zé Donato era o tabelião; apesar da aparência, não sabia nada de vacas e de plantio. Seus instrumentos de trabalho eram a caneta, o tinteiro, o mata-borrão e o imenso livro onde anotou, pessoalmente, até sua morte em 1940, os registros de nascimento, casamento e óbito de todos os habitantes de Santo Antônio das Tabocas. Tinha três vícios: seu cachimbo de tampa de metal, o jogo na fazenda de Adelaide e Amadeu e o pecado de sonhar com Fihinha, todas as noites, mesmo sabendo que não era direito, ao lado da mulher, mãe de suas três filhas, uma delas da idade da tentadora.

- Xiii... O safado tá com tudo na mão, tá todo vermelho.

Ledo engano de Adelaide. O rosado nas têmporas de Zé Donato e o tremor nos lábios, fazendo trepidar seu imenso bigode, tinha outra causa. Era o olhar de Fihinha, de soslaio, dizendo-lhe "isto aqui é só para ver, velho cretino".

- Joga, homem!

Amadeu desconfiava, erradamente, que o irmão tinha um quê de atração por Adelaide, mas curtia seu ciúme bem no fundo da mente, negando-se, quando podia, até a explicitá-lo para si mesmo...

No quarto, Felícia continuava a debulhar seu rosário, pois só ia dormir quando ouvia o último grito da mãe "truque", o pai apagava o lampião e os parceiros partiam - todos eles levando para seus sonhos a imagem de Fihinha, muito mais do que as emoções do jogo. Sim, todos, porque também a Maricota não escapava do olhar cinza que lhe sugeria fantasias sexuais condenadas por todos os santos da Igreja.

***

Não era comum, tão fora do convencional, uma trepada daquele jeito em Santo Antônio das Tabocas. Os dois só podiam estar possuídos. Maricota, completamente nua, postando-se de quatro, apenas seguia a sugestão da bruxinha do Capim Alto. E Francisquinho imaginou que aquela ali era a menina de tranças, quando a penetrou relinchando como um cavalo. Não, nem na Zona de Santo Antônio das Tabocas se trepava com tanto barulho, com tanto gemido, com tanta sacanagem. E o pior é que os dois sabiam que ela sabia. Senão como é que Maricota podia explicar, na noite seguinte, na hora do jogo, ter lido nos lábios de Fihinha, enquanto era penetrada por seu olhar, a palavra "égua"? E o marido também lia, nos mesmos lábios, incrustados num rosto de deboche, com todas as sílabas, "seu cavalo zureta".

2
TIÃO E O FORD

Até um ano antes da morte de Fihinha, a revolução tecnológica que Henry Ford estava fazendo - "O minério de ferro entra na minha fábrica de manhã por uma porta e sai à tarde por outra, em forma de automóvel" - ainda não tinha chegado a Santo Antônio das Tabocas. Os habitantes da aldeia ainda viviam o tempo das diligências, das charretes para ser mais preciso. Era de charrete, quando não a cavalo, que se tinha de viajar quatro sofridas horas através do cerrado até à estação de trem mais próxima, na beira do Rio São Francisco. E, de lá, no sacolejo da maria-fumaça, outras doze horas até a capital, Belo Horizonte, então uma cidadezinha perdida no meio da Serra do Curral, mas, para os habitantes de Santo Antônio das Tabocas, uma verdadeira metrópole, pois já tinha até bonde e ruas calçadas com paralelepípedos.

- Mana, hoje é o último dia que viajo de trem de ferro. Com esta grana aqui vou comprar um trenhão doido, ocê vai ver.

- Eu sei, mano. Eu sei...

Fihinha não se mostrou surpresa. Ela nunca se mostrava surpresa, como se já soubesse de tudo que estava por acontecer. Sorriu e depois acrescentou:

A Janela

- Quero dar a primeira volta no seu automove.

***

Quando o Ford modelo T, o famoso Ford Bigode, despontou barulhento na curva da estrada da última colina antes de atingir Santo Antônio das Tabocas, uma pequena multidão já estava formada na Praça da Matriz, que desde o princípio do século disputava com a Praça da Bica os grandes acontecimentos da cidade. A matriz não era mais do que uma igrejinha branca e uma torre que mal chegava aos doze metros. Era de lá, debruçados na janelinha, que o vigário e o sacristão-mor, já velho - chamava-se Aristeu - ficavam monitorando a multidão, críticos ferrenhos dos costumes, anotando num caderninho tudo que se passava fora do normal, quer fosse a traquinagem de um menino qualquer, quer fosse o encontro furtivo de uma mulher casada com quem não devia, pensando estar protegida pelo muro atrás da igreja. Os dois estavam lá, vigilantes da moralidade, vendo o risco de poeira desenhando-se nas curvas da estrada cheia de buracos. O velho Aristeu comentou com o vigário:

- Trem que anda sem ser puxado é trem do Demônio. O sacerdote, franciscano, holandês de nascimento, respondeu apenas com um aceno de cabeça afirmativo. Sem o privilégio da torre, as crianças mais ousadas subiam nas altas mangueiras que circundavam a praça e assim podiam ter uma visão panorâmica do arrebatamento da chegada.

- Lá vem, lá vem ... já passou o Morro da Coruja. - Gritou o moleque que se encontrava na grimpa de uma das mangueiras.

A praça já estava totalmente cheia, como se fosse dia de barraquinha e leilão. Donas de casas e empregadas nem tiveram tempo de tirar seus aventais de cozinha, atraídas pelo zunzum. Fecharam-se o armazém de secos e molhados e a loja do Francisquinho onde se vendiam panos e aviamentos. Até a diretora do Grupo Escolar sucumbiu à gritaria e liberou os alunos, que desembestaram rumo à praça como formigas atraídas pelo mel.

Era um Ford fabricado em 1914, conversível, idêntico ao da foto que apareceu na Revista da Semana anunciando o sorteio do veículo, em 1915. Tião, ainda adolescente, chegou a juntar os doze cupons que lhe davam direito a um número para o sorteio. Não ganhou, mas guardou o recorte com a foto do "magnífico automóvel para cinco pessoas" - dizia o reclame - bem dobrado em sua carteira. Todas as noites, antes de dormir, abria o pedaço de papel, que ia se desfazendo com o tempo, e pensava convicto - como se fosse a Felícia debulhando seu terço: "um dia vou ter um igualzinho".

Visto de frente, o Ford parecia um boxeador, o radiador exposto fazendo as vezes de nariz chato, e os faróis como dois olhos assustados. Apesar de sete anos de uso, o carro estava em perfeita ordem, muito bem pintado, nem um nada de ferrugem, os pneus, finos e brancos para melhor contrastar com o resto que era negro, com exceção do radiador e dos faróis metálicos.

Bi, bi, bi, bi...Tião Andrade, o rosto coberto de poeira, ainda nada destro no volante, por pouco não atropela um grupo de meninos afoitos, enquanto o relinchar de cavalos assustados concorria com o ruído compassado do motor.

- Essa geringonça não vai dar certo. Não troco meu cavalo nem por dez merdas destas.

- Também acho. O fedaputa não caga, mas não pára de peidá fumaça fedorenta.

- Que fumaceira besta, sô!

Da janela da casa dos Trindades, numa esquina da Praça da Matriz, numa das poucas vezes que deixava a fazenda do Capim Alto, Sá Belarminda fez uma cruz no ar, pressentindo, quem sabe, que o Ford de Tião Andrade, comprado com dinheiro ganho no jogo, graças às artimanhas da irmã bruxa, viera para perturbar a ordem e a paz de Santo Antônio das Tabocas. Ela, o sacristão, o vigário e muitos e muitos dos habitantes da cidade estavam certos de que a grande obra de Henry Ford devia sua existência menos ao espírito de empreendimento capitalista do que aos bons ofícios do diabo; era o novo bezerro de ouro, só que de ferro mesmo, vomitando fumaça pelo rabo.

***

Ao chegar bem no meio da praça, Tião Andrade promoveu um novo festival de buzinadas, antes de desligar o motor e ser inteiramente cercado pela multidão. Muita gente tocava no carro num gesto de respeito e medo, como se fosse um talismã. As crianças mais arrojadas subiam nos pára-lamas e pelo menos uns dez já tinham queimado as mãos ao tocar no radiador e no cano de descarga. Foi então que a multidão, que disputava, às vezes até no tapa, um lugar mais próximo do automóvel, recuou ordeira e pacífica, sem que ninguém tivesse pedido ou ordenado, para deixar uma ala livre até a porta do veículo. E por ela passou Fihinha, sorriso de princesa acostumada a ter todos os privilégios e vênias. Tião curvou-se para abrir a porta, estirando o chapéu como se fosse um mestre de cerimônia. Fihinha, entretanto, aproximou-se do lado esquerdo.

- Ocê não quer dar uma volta?
- Quero sim. Mas eu é que vou choferar.
- Cê tá doida?
- Ocê me ensina.
- Isso é muito complicado. Não é assim não.
- É, sim. Chega prá lá.
- Fihinha?!

Ela sentou-se ao volante sob os aplausos da plateia, elegante como Isadora Duncan e perguntou:

- É aqui que a gente troca as marchas?
- Comé que ocê sabe?
- Sei de muitas coisas, mano ...
- Muito cuidado, viu. Ocê tem de apertar este pedal aí. É a embreagem... depois solta devagarzinho, apertando aquele outro lá ... cuidado com ele. Bem devagar, que é o acelerador.
-Igual à espora que faz o cavalo ficar doido, né, mano?
- Não brinca, Fihinha!

Ela girou a chave e os curiosos afastaram-se de marcha a ré ao ouvir o matraquear do motor do Ford. O engate da primeira foi com uma maestria que o próprio Tião ainda não tinha adquirido e o carro arrancou lentamente, sem os esperados solavancos. Tião ainda tinha a boca aberta de espanto, quando o carro dobrou a esquina, embicando-se rumo à estrada cheia de irregularidades, ligando Santo Antônio das Tabocas à fazenda do Capim Alto. Tião viu Fihinha pular da primeira para a segunda, sem dar nenhum arranhão, passando pelo ponto morto, numa pausa imperceptível, como se já tivesse realizado a mesma operação milhares de vezes.

Quando a estrada se abriu numa reta com menos irregularidades, Fihinha engatou a terceira; o velocímetro já marcava 50 quilômetros e só aí Tião recuperou o dom da fala:

- Cuidado, mana!

- Não se preocupe. É mais fácil do que choferar charrete.

- Ondé que ocê aprendeu, mana?

Fihinha olhou o irmão com um sorriso de deboche e respondeu com voz de mistério.

- Pergunte à velha Belarminda, ela sabe.

- Não brinque, mana!

- Haverá um tempo em que os automóveis não farão tanto barulho. Nem vão soltar este fumação todo. É como se eu já tivesse visto.

- Mana, ocê tá me dando medo.

Fihinha soltou uma gargalhada, enquanto reduzia para a segunda a fim de melhor controlar um baque, e respondeu para tranquilizá-lo:

- Bobo. Ocê tá esquecido do Almanaque. Li tudinho no artigo Dirija Você Mesmo. É fácil, aprendi.

Não era fácil. Tião passou um dia inteiro praticando num terreno baldio, instruído pelo ex-dono do carro e nem de longe era capaz de dirigir seu Ford com a facilidade demonstrada por Fihinha. Pensou, com um leve calafrio percorrendo-lhe a espinha, que talvez a velha Belarminda soubesse mesmo a verdade, mas estas coisas é melhor deixar como estão, sem indagações que só servem para despertar dúvidas mais atrozes. Seu olhar para a irmã escondia admiração e medo.

***

Sebastião Andrade já estava nas últimas, a voz rouca com o catarro encalacrado no peito, quando eu o vi pela última vez durante a festa em homenagem ao padroeiro da cidade, Santo Antônio. A senilidade manifestava-se em longos lapsos de memória e, às vezes, ele permanecia quieto como um boneco de cera, as manchas cinzentas salientando-se nas mãos e no rosto, alheio à balbúrdia em sua volta, ao foguetório e ao estalar do fogo da fogueira de mais de vinte metros de altura, erguida no meio da Praça da Matriz, que agora tinha uma igreja bem maior do que a primeira, construída em 1941. A festa de Santo Antônio sempre foi e ainda é a mais concorrida da cidade. Seus preparativos começam com mais de um mês de antecedência, quando são escolhidos três festeiros ou, mais precisamente, três casais. São eles que se responsabilizam por tudo: a fogueira, as barraquinhas para vender bebidas e comidas e - o mais importante - o leilão, sem o qual a festa do ano seguinte não poderia ser realizada. O objetivo do leilão é arrecadar dinheiro para obras de caridade da Igreja, geralmente a manutenção da Vila Vicentina, onde são recolhidos os doentes pobres de Santo Antônio das Tabocas. Sem o leilão, a nova matriz jamais poderia ter sido erguida. O leilão e a militância pertinaz de Felícia e outras senhoras comungadeiras com suas campanhas, ora para a aquisição da imagem de uma nossa senhora qualquer, ora para a substituição dos bancos da Igreja. Mas é graças ao leilão e ao que se arrecada durante a festa do padroeiro que a matriz garante o prosseguimento de sua obra social, uma das mais eficientes das redondezas, gabam-se, cheios de si, fazendeiros, comerciantes e outros contribuintes de tanta beneficência.

Bebe-se, namora-se nos matagais próximos, dança-se de maneira não tão aprovada pelo vigário e o séquito de comungadeiras, jogam-se cartas nos fundos das barraquinhas - como se Santo Antônio tivesse o dom de perdoar todos os excessos no dia de sua festa. Algumas pessoas podem mesmo viver seu momento efêmero de glória, como o Zé da Fogueira que, nos dias de rotina, passa a vida engraxando sapatos ou limpando quintais. Mas não no dia da festa de Santo Antônio. Nessa data ele pode ver todos a seus pés, ao trepar na fogueira de 20 metros de altura e, lá no topo, atear-lhe fogo. Depois é só descer o mais rápido possível com a agilidade de um macaco, evitando os foguetes que cruzam o ar e os rojões que começam a explodir no interior da fogueira. O bônus para comer e beber de graça nas barraquinhas e o aplauso da multidão constituem a paga que ele agradece, exibindo sua boca banguela.

Sebastião Andrade nunca perdeu, até sua morte, uma única festa de Santo Antônio.

- Alô, tio Sebastião, como é que o senhor está?

Ele me olhou como se fizesse um enorme esforço para me reconhecer e levou a mão em concha ao ouvido direito.

- O quê?

- Como é que o senhor está? - Perguntei, quase gritando.

- Perrengue, tô perrengue. Meu fio, traz pra mim uma cachacinha ...

Fui até o balcão improvisado da barraca e pedi uma dose de Pitu. Quando lhe dei o copo, seus olhos brilharam de satisfação. Olhou para os lados como se fosse uma criança travessa fazendo o que não devia, bebeu a dose de um só trago e lambeu os lábios de satisfação.

Falei bem perto de seu ouvido, pausado e forte:

- Tio, é verdade que a Fihinha dirigiu seu Ford como se fosse o Chico Landi?

- Dirigiu, sim. Choferou. Ela gostava de dizer assim.

- Conte como foi?

- Só se ocê me der mais uma pinga.

Levantei-me para buscar mais uma dose de Pitu, consciente de que o álcool é um ótimo remédio para despertar recordações adormecidas, quando tia Celma caminhou arrogante em nossa direção.

- Sebastião, ocê sabe muito bem que não pode beber!

Em seguida olhou para mim e disse em tom mais alto como se fosse eu o surdo.

- Ocê quer matar seu tio, é?

Não esperei que ela terminasse o sermão e tentei desligar meu aparelho auditivo, caminhando resoluto até o balcão. Diante de meu pouco caso, Celma fez um escarcéu, sapateando histérica, enquanto gritava:

- Seu tio está proibido de beber! Seu insensível! Não vou permitir!

- Uma dose de pitu caprichada.

- Não sirva, seu Ernesto, não sirva. É para o Sebastião que ele está comprando este veneno!

Ernesto, bancário de profissão, balconista voluntário da barraquinha, ficou com a garrafa levemente virada sobre o copo, indeciso. Procurei desconhecer a presença de tia Celma.

- Bota aí, capriche!

- Seu pulha, vou contar para sua mãe...

Meu dispositivo antissermão desligou-se. A palavra pulha feriu profundamente meu nervo auditivo. Estava acostumado a ouvi-la chamar-me de irresponsável, até mesmo de safado, mas pulha era demais - a ofensa definitiva -, não era mais a admoestação de tia para sobrinho, era o xingamento de alguém que destilava ódio pelo outro - com o agravante que o outro era eu. Contra-ataquei falando baixinho no ouvido de tia Celma, sabendo que isso iria feri-la em cheio, que iria tocar o âmago de sua alma como uma flecha envenenada:

- Pare de fazer escândalo. Seu irmão está morrendo, deixe-o tomar sua cachaça, que é a única coisa que ainda lhe dá prazer. Prazer! A senhora já ouviu falar nesta palavra?

Sei que fui mau, mas consegui o resultado esperado.

Tia Celma deu um gemido profundo e ensaiou um desmaio. Enquanto era rodeada de gente que a socorria, fui saindo de mansinho com o copo na mão.

-Taí sua pinga, tio.

Sebastião Andrade, com as mãos trêmulas, ergueu o copo e bebeu seu conteúdo pausadamente, com os olhos fechados, como se procurasse eternizar aquele momento. Acordei-o com a pergunta:

- O senhor acredita que foi no Almanaque que ela aprendeu a dirigir, choferar?

- No Almanaque? A mana podia ensinar todos os almanaqueiros do mundo a dirigir. Ela sabia e pronto. Ela sabia de tudo. Deve ter sido por isso que o patife, o canalha, o capeta dos inferno a matou.

Sebastião Andrade ficou mais agitado do que lhe permitia a idade e eu temi que ele morresse ali mesmo, morto à cachaça pelo sobrinho insensível, o pulha, iria dizer tia Celma. Acerquei-me, procurando acalmá-lo. Alguma coisa me dizia que, tantas décadas depois, o que sobrou de Fihinha, ainda que fosse apenas a recordação na cabeça dos que a conheceram, continuava clamando por vingança; nem a paz que a morte parece trazer tinha lhe ensinado o que quer dizer a palavra perdão. Consciente disso, para acalmar os dois - minha tia morta e meu tio morrendo - segurei Tião Andrade forte nos ombros e disse em seu ouvido, firme, como se estivesse descrevendo uma cena projetada em minha frente.

-Não se preocupe: O cafajeste está sendo frito na fornalha de Satanás, temperado com chumbo derretido, tio. O chumbo de sua maldita espingarda.

Pessoalmente, devo fazer um pequeno esclarecimento: nunca fui partidário do preceito bíblico "olho por olho, dente por dente". O que eu disse no ouvido de Sebastião Andrade foi para confortar sua raiva e, confesso, para não perdê-lo como fonte de informação para minha pesquisa. Deu certo. O velho se recompôs, aprumou-se na cadeira e disse:

- Chumbo derretido. É isso mesmo. Está dentro de um caldeirão de chumbo derretido. E com o espeto metido no cu, saindo pela boca.

- Como foi sua ida para a fazenda do Capim Alto?
- Será que ocê não traria mais uma pinguinha?
- A última, hein, tio... Senão, a tia Celma me mata.

Pedi ao Ernesto para misturar um pouco d' água na Pitu. Não queria ser o responsável por uma overdose fatal. Do outro lado da barraca, vi tia Celma conversando agitada com minha mãe e com tia Alzira. Fingi que bebia a dose para que não desconfiassem que o conteúdo fosse para tio Sebastião.

Depois de beber, meu tio fez uma careta de quem não gostou:

-As outras estavam melhores.
- E então, tio?

Surpreendi-me. Sebastião Andrade retomou o fio da meada sem demonstrar um fiapo de esquecimento. Parecia falar de algo que acabara de acontecer ou que alguém soprasse em seus ouvidos.

- Os buracos e os baques iam desaparecendo. Parecia asfalto. Não apertava o volante que nem uma principiante, ia de leve, leve, como se meu fordão fosse de brinquedo. Nunca mais vi ninguém dirigir daquele jeito, com tanta maciez. O carro estava flutuando, era isso, flutuando, a gente não sentia, mas não sentia mesmo, a buraqueira embaixo.

- O senhor se lembra de tudo isso?
- E como é que vou esquecer. Eu não esqueço nada de minha mana.
- Ela era bruxa?

O velho Sebastião Andrade olhou-me surpreso, como se não tivesse entendido muito bem minha pergunta. Mas logo em seguida pegou uma garrafa de cerveja que se encontrava sobre a mesa e a lançou com toda força, tendo como alvo a minha cabeça. Escapei por pouco e o projétil foi espatifar-se na testa de uma vítima, talvez inocente, que se encontrava na mesa vizinha. A moça atingida caiu zonza no chão, enquanto Tião Andrade, babando de velhice e raiva, continuava dizendo:

- Safado, safado ... Respeite minha mana, respeite minha mana. Bruxa é a puta que te pariu!

Era difícil explicar a raiva de meu tio e o incidente da garrafa. Saí disfarçando inocência com um assobio, justamente em tempo de evitar a chegada de tia Celma, acompanhada de um batalhão de senhoras assustadas perguntando o que foi que houve. Ainda ouvi a vítima responder atordoada:

-Não sei. Estava aqui tranquila e levei uma garrafada na cabeça.

Mas a vítima, vocês ainda hão de saber, não era totalmente inocente.

***

Fihinha nunca mais entrou no carro de seu irmão. Ao chegarem à fazenda, em meio à gritaria das crianças que vieram abrir a porteira do curral, como que pressentindo algo maléfico, alguma coisa fora de seu controle, Fihinha entristeceu-se bruscamente.

- O que foi, mana?
- Nada, toma a chave de seu automove.

Ela lhe entregou a chave e correu apressada para o casarão da Fazenda, quase atropelando, no corredor, Inhá Quinha, que dividia com Sá Belarminda as lides da casa. Debruçou-se na janela, na janela da tragédia, e deixou escapar duas lágrimas de seus olhos cinza. O que pressentia estava nublado, sem definição, só estava claro o vermelho que tingia o horizonte em sua frente.

3
OLHO-COM-OLHO

De todas as irmãs, Selena era a mais contestadora, a que resistia, por mais tempo, aos comandos autoritários de Fihinha. E Celma a que podia concorrer, em beleza e charme, pela preferência dos homens. Mas as duas apenas competiam e contestavam - como o azarão que entra na corrida sabendo que vai perder.

Quando crianças, gostavam de fazer o jogo olho-com-olho. E o resultado era sempre o mesmo: Fihinha em primeiro lugar, Selena em segundo e, no último, quase invariavelmente, Felícia. As duas competidoras se encaravam, olho-com-olho, e perdia a primeira que piscasse ou que, não resistindo à pressão, desviasse o olhar. Fihinha era capaz de ficar com seus olhos cinza arregalados por uma eternidade, fuzilando os de Selena, que eram apenas castanhos ...

Teria a cor cinza, que às vezes lhe dava a vivacidade de um felino, a luminosidade dos olhos de gato no escuro, e, outras vezes, a impressão de morta, alguma coisa a ver com aquele poder desmedido sobre as outras pessoas? No jogo do olho-com-olho, o olhar de Fihinha parecia o de um tubarão, morteiro, quase apagado, fixo como de um defunto, mas capaz de paralisar sua vítima, antes de devorá-la, antes de sugar seu último alento, seu último suspiro, de abocanhar seu corpo e seu espírito. Mas quando emitia uma ordem - "Tião, apanhe aquela manga pra mim!" - o cinza de seus olhos era brilhante como uma travessa de prata refletindo a luz do sol. Hoje, depois de tantas pesquisas e de tanta coisa que me foi revelada até em sonho, não tenho mais dúvidas de que todo o poder de Fihinha estava encerrado no cinza de seus olhos. Eram como dois faróis; quando acesos, transmitiam otimismo e desencadeavam paixões sem medida; apagados, eram sinal de desastre, catástrofe, desgraça, expressavam morte. Quando ela entrou no carro no meio da praça de Santo Antônio das Tabocas, seus olhos brilhavam mais do que os faróis bem polidos do Ford. À medida que o veículo foi se aproximando da fazenda, o brilho foi desaparecendo, era como se alguém ou alguma coisa estivesse apagando a luz de seus olhos. Um ano depois, foi assim, com os olhos quase apagados, que Fihinha debruçou-se na janela pela derradeira vez ...

∗∗

Selena passava dias e dias matutando uma maneira de ganhar no jogo do olho-com-olho. Chegou a pedir a ajuda de Maria das Graças.

- Ocê finge um faniquito pra ver se a diaba pisca.
- É, bébé, mamá na gata ocê não qué.
- Maria Sapeca!

Engalfinharam-se as duas, Selena puxando as tranças de Maria; Maria deixando a marca de seus dentes no rosto liso de Selena. Mas logo os gritos, os suspiros, os arranhões, as dentadas, os safanões foram substituídos por algo mais cortante e certamente muito mais doloroso: as chicotadas de Adelaide, remédio bastante eficaz para resolver conflitos fraternais. Entretanto, as chibatadas que deixaram vergões nas costas das duas doeram menos do que o olhar zombeteiro lançado por Fihinha sobre as oponentes, quando ainda estavam de castigo, sentadas no banco das punições na despensa da fazenda. Selena, agora a tia Lena, já perto dos 80, era a única que procurava fingir que não se lembrava muito bem de Fihinha.

- Já foi há tanto tempo. Já não me lembro de quase nada.

Puro fingimento - quem sabe vingança, uma tentativa de matar a recordação de quem sempre lhe ganhou no jogo do olho-com-olho. Se não era fingimento, então por que tia Lena respondeu com tanta veemência, elevando a voz em tom de briga, quando eu lhe disse, tentando ser natural e neutro:

- Tia Graça disse que a senhora morria de despeito porque nunca conseguiu ganhar da Fihinha no olho-com-olho.

- Não foi sempre assim. A Maria Sapeca até hoje continua inventando potoca.

- E como é que foi, então?

Era tarde para recuar. Caíra na armadilha que lhe armei. Teria de falar de Fihinha, ela, a única que a contestou em vida. Insisti:

- Então, como é que foi?

- É, já passou muito tempo, está na hora de colocar algumas coisas em pratos limpos. Sua mãe acha que ela foi santa e isso ela não foi de jeito nenhum. Foi gente como todos nós. E, sabe de uma coisa, a Dondoquinha nem sempre ganhou coisa nenhuma.

- Dondoquinha? - Esfreguei as mãos de contentamento.

- Ora, menino, quer que eu conte ou não? Dondoquinha, que sua alma descanse em paz!

- Dondoquinha ... bruxa?

- Donde é que ocê tirou esta ideia?   Sua mãe te mata. Ela nem sempre ganhou. Lembro-me como se fosse hoje a primeira vez que a derrotei. Nunca a vi tão transtornada, seus olhos ficaram vermelhos como duas brasas. Deu faniquito igual a Maria Sapeca.

- Como foi, como foi?

- Estávamos há quinze minutos no jogo olho-com-olho. Minhas pálpebras pesavam mais do que chumbo; outro minuto e eu piscaria na certa. A diaba ia ganhar de novo, não tinha jeito mesmo. Sabe o que eu fiz? Os óculos de minha mãe estavam em cima da mesa. Coloquei-os. E abaixei levemente a cabeça. Ouvi um estalo, as lentes espatifaram-se em mil pedaços, os estilhaços voaram para frente como que atraídos pelos olhos da danada. Felizmente, porque senão eu estaria cega. Fihinha deu um grito agudo como eu nunca tinha ouvido antes, mais estridente do que os faniquitos da Maria das Graças. Meu pai veio correndo, foi abraçar sua enteada, alisou seus longos cabelos, perguntando na maior agonia:"O que foi, minha Fihinha? O que foi, minha Fihinha?". Ela não disse nada, apenas olhou em minha direção, um olhar que eu diria vomitando ódio, Deus me perdoe. Outra que acudiu a cena foi minha mãe. Com o chicote na mão. "O que foi que houve, o que foi que houve? Vão falando, vão falando!" Minha mãe não gostava de esperar, queria a obediência na hora, não era como estas mães frouxas de hoje em dia. Mas ninguém precisou falar, a armação de seus óculos ainda estava em meu rosto e as lentes espatifadas sobre a mesa. Levei umas vinte chicotadas, só eu; com a Fihinha ela nem ralhou. Mesmo assim, fiquei feliz da vida porque a danada piscou primeiro. Sei que piscou. Com o susto, não consegui fechar os olhos, não pisquei.

- Por que as lentes se espatifaram?
- Vou eu lá saber, até hoje não sei.
- A explicação científica, óbvia talvez - disse, com ar de teórico de botequim - foi que as lentes refletiram de volta o olhar de Fihinha. Ela fez um olho-com-olho com ela mesma e a vítima foram os óculos da dona Adelaide. O que é que a senhora acha?
- Sei lá, só sei que ganhei. Fiquei contentíssima.

Contentíssima e com a vista esquerda totalmente estragada, por causa de um ínfimo estilhaço que ficou pregado ao lado da pupila. Com o tempo, formou-se ali uma pequena mancha branca, uma mancha que se ampliava com a idade - na mesma proporção em que a visão esquerda de tia Lena ia se perdendo completamente.

Eu queria saber mais:

- E as outras vezes que a senhora ganhou? Foi sem o truque dos óculos?
- Foi, sim. A danada tinha seu ponto fraco.

A Janela

- Ponto fraco?
- É, ponto fraco ...

Uma crise de asma cortou a frase de Tia Lena. Tossiu até ficar roxa e eu tive de sair, enquanto sua filha mais velha a socorria com uma bombinha de inalação.

***

- Pode tirar o cavalo da chuva. De mim você não ouve nada.

Já devia ser a décima tentativa para extrair alguma informação de tia Celma. Em vão, absolutamente em vão. Ela continuava irredutível. Se eu insistia, era só para ouvir o sermão de sempre:

- Atrevido, sem-vergonha. Você não respeita nada, nem ninguém. Deixa a minha irmã em paz, os mortos merecem respeito. Sua mãe - coitada da Felícia - não lhe ensinou isso? Não sei como a Felícia, esta alma boa, foi ter um filho deste jeito. Credo! Olhe aqui, a próxima vez que você chamar minha irmã de bruxa, eu lhe bato, eu arrebento sua fuça com este cabo de vassoura. Atrevido, pulha, pulha, pulha! Saia de minha frente!

Geralmente eu saía, mas dessa vez decidi jogar lenha na fogueira, contra-ataquei com o que julguei ser a provocação máxima contra minha tia, cortei seu sermão com a pergunta:

- E esta história que a senhora foi descabaçada pelo Eduardinho?

Nunca, em minha vida, tinha ouvido a palavra canalha tão aguda, tão estridente, tão metálica, parecia mesmo, não uma palavra, mas sim uma faísca de ódio, sendo vomitada da boca de minha tia. Entretanto, o que me feriu mesmo foi o cabo da vassoura que voou certeiro em minha testa, deixando um galo que durou três dias. Bati em retirada, enquanto tia Celma representava o já clássico ataque cardíaco fajuto, a cena final e invariável de minhas tentativas de entrevistá-la.

***

O caso de tia Celma com Eduardinho era um desses segredos de família que todo mundo conhece. Era seu primo segundo, filho de Zenaide, prima de Adelaide, mulher do Chicão - Francisco Nepomuceno das Dores, dono de muitos bois, mas que ganhava mais emprestando a vinte por cento ao ano. Sua fazenda crescia à medida que os devedores faliam. Mas o que nos interessa agora é o Eduardinho, Eduardo Nepomuceno das Dores. O rapaz não só nasceu em berço de ouro, como também era o moço mais bonito de Santo Antônio das Tabocas e redondezas. Por onde passava deixava suspiros e até desmaio de mocinhas, além de provocar pensamentos reprimidos - às vezes confessados - em mulheres casadas, que só trepavam com os senhores maridos por dever de ofício. Garboso, tentava imitar no porte e na maneira de andar seu herói preferido, Douglas Fairbanks - claro que sem os pulinhos descompassados que tinha de dar no "The Good Bad Man", de 1916, mas que só chegou a Santo Antônio das Tabocas em 18. Sim senhores, Santo Antônio das Tabocas já tinha o seu cinema, o Cine Alvorada, trinta e cinco cadeiras de madeira dura, tela de pano que mais parecia um lençol estendido, situado na praça principal

Eduardinho talvez tenha sido o mais assíduo dos frequentadores do Cine Alvorada. Não perdia um filme de seu herói e ria com Chaplin fazendo o vagabundo; com o rosto de espantalho de Buster Keaton e com Harold Lloyd, jeito de santinho, dependurado no ponteiro do relógio de um arranha-céu. Ou então, via-se como um bendito o fruto entre mocinhas assanhadas, afogado em gemidos, suspiros e ais, imaginando-se um Rodolfo Valentino desfilando de Xeque das Arábias ou, garboso como um gaúcho, destroçava corações na Buenos Aires dos Quatro Cavaleiros do Apocalipse. Mas, na época em que o Xeque chegou a Santo Antônio das Tabocas, a cidade já era outra e Capim Alto estava há muito tempo mergulhada no luto: um estampido seco, cortando o silêncio da manhã de sol quente, selara o fim da menina de olhos cinza.

O descabaçamento de Celma ocorreu cerca de um ano antes da tragédia.

***

A Janela

Na verdade, para Celma, foi um sacrifício. Ela sonhava noites e noites com as carícias de Eduardinho, lembrando a vez que suas mãos leves passearam por suas coxas carnudas, como as de um prestidigitador, aproveitando o cochilo das irmãs e das primas que sempre estavam por perto bisbilhotando. Era a época do namoro vigiado: os beijos tinham de ser roubados; um simples aperto de mão provocava "ohs" das vigilantes do amor alheio. E, sempre, de quebra, havia o chicote afiado de dona Adelaide, pronto para apagar o fogo de qualquer paixão desmedida. O namoro de Celma e Eduardinho, apesar das inveias que despertava e de umas bolinadas furtivas, corria nos moldes e nos conformes e nem em sonho ela se imaginava sendo penetrada pelo Douglas Fairbanks de Santo Antônio das Tabocas. Ele, também, o que almejava, no máximo, era sapecar-lhe um beijo na boca e tocar em seus seios, sempre tão escondidos, tão apertados em blusas que pareciam feitas para nivelar todos os bustos. As ereções de Eduardinho, a febre da adolescência, eram, como de costume, tratadas com a masturbação ou, então, desabrochavam em constantes poluções noturnas. Trepar mesmo - e só de vez em quando, porque o fantasma da sífilis rondava os bordéis - era com as prostitutas do Cabaré da Pudina, nome muito estranho, que lembra pudica, para a mais célebre cafetina de Santo Antônio das Tabocas. (Ou teria alguma coisa a ver com pudim, cremoso e luxurioso?) Penetrar o hímen virgem de Celma antes do casamento - algo totalmente fora de seus planos - nem pensar. Mas a circunstância é a mãe dos acontecimentos, a ocasião faz o ladrão e, Felícia, que desde cedo aprendera a controlar qualquer ímpeto perigoso, vivia dizendo para as irmãs, especialmente para a Celma e a Maria das Graças, as duas mais namoradeiras:

- Cuidado, fogo e pólvora não podem ficar juntos.

E a faísca que provocou a explosão - se é que vocês ainda não imaginaram - saiu dos olhos cinza de Fihinha.

Aconteceu numa das noites de jogo na sala grande da fazenda Capim Alto. Apesar de não ser parceiro certo, Francisco Nepomuceno das Dores aparecia vez por outra no carteado de Dona

Adelaide, assim conhecido em toda a cidade. E Eduardinho o acompanhou naquela noite particular, julho, o céu estrelado, sem uma única nuvem, prometendo muito frio, possivelmente geada. Fihinha, como de costume, sentada ao lado da mãe, zelando para que só chegassem boas cartas em suas mãos. Eduardinho quis imitá-la e também se sentou ao lado do pai, que estava justamente defronte de dona Adelaide. Era uma intromissão intolerável. Fihinha sentiu-se como uma estrela sendo eclipsada; o rapaz atrevido estava roubando as atenções que deviam estar, todas, sem nenhuma exceção, dirigidas para ela. A assanhada da Maricota, por exemplo, não despregava os olhos do rapaz. Ela sabia que as carícias do marido, mal disfarçadas debaixo da mesa, eram puro teatro para manter sua imagem de machão, pois na hora do pega pra capar, ou, melhor dito, no pega para rosetar, ele nem sempre dava no couro. Mal aguentava uma vez por semana e ela, queimando o fogo de seus quarenta anos, queria diariamente e demorado, sonhando que toda noite pudesse ser como aquela em que ele se transformou num cavalo zureta.

  Imponente como um discípulo de Platão, falando no ouvido do pai qual a jogada certa, Eduardinho despertava em Maricota todas as fantasias que a meia-idade lhe permitia deixar soltas, sem nenhuma repressão. Ah, se fosse em seu ouvidos que ele estivesse falando! Não, não seria suficiente, queria mais, mais e mais ... Perdeu a compostura, gemeu para todo mundo ouvir e falou tão alto como o "vale seis" de dona Adelaide:

  - Oh, Chicão, como é que ocê fez um mancebo bonito deste jeito?

  Risos da plateia, rubor de constrangimento no rosto de Eduardinho e a resposta cortante e debochada de Fihinha:

  - Ele não fez não, dona Maricota. Foi a cegonha que trouxe.

  - Ocê ainda acredita em cegonha, menina?

  - Sabe, dona Maricota, é mais fácil a cegonha existir do que a realização de muito desejo que anda na cabeça das pessoas.

A Janela

Foi a vez das têmporas de Maricota ficarem vermelhas, não de vergonha, porque isso ela não tinha, mas de raiva por se assegurar, mais uma vez, que não era páreo para Fihinha. Abaixou a cabeça porque não suportou ser fuzilada pelo olhar da bruxa de tranças. Entretanto, não eram Maricota e sua vulgaridade que incomodavam Fihinha, era a concorrência de Eduardinho a causa de seu visível mau humor e era contra ele que estava reunindo todas as suas forças. A sala era sua, seu reino, não desejava dividi-lo com nenhum idiota que se imaginava o Dom de Santo Antônio das Tabocas. Eduardinho se viu penetrado por dois olhos que pareciam emissores de raio laser e parece ter ouvido, como se a voz estivesse dentro de sua própria cabeça:

- Saia desta sala, já! A Celma está só, quentando fogo na cozinha. Vá esquentá-la, seu boboca.

Era uma ordem. Eduardinho levantou-se como um robô de Asimov e se dirigiu à cozinha com passos fora de sincronia, como os do Douglas Fairbanks na tela de pano do Cinema Alvorada. Celma estava realmente sentada ao lado do fogão de lenha, esfregando as mãos sobre as brasas. De luz, só havia a lamparina e o clarão das estrelas, entrando por uma fresta da janela. Felícia já estava debaixo das cobertas debulhando seu terço para que Deus perdoasse os palavrões da mãe; Selena, atacada por uma de suas crises alérgicas também estava deitada. Alzira, ainda menina, dormia há muito tempo. Maria das Graças estava na casa da cidade com Sá Belarminda. Estavam, portanto, sós. Praticamente pela primeira vez. Celma assustou-se ao ver o namorado entrar na cozinha e quase gritou, pensando que fosse o Condenado da gameleira. Percebendo quem era, sorriu de satisfação. Eduardinho, atendendo ao ímpeto de que não podia perder tempo, abraçou Celma desajeitadamente, tentando beijar-lhe a boca. Foi o segundo susto de Celma no espaço de poucos segundos. O terceiro foi quando Eduardinho agarrou suas mãos e a puxou com força para dentro da despensa escura e, num lance rápido, trancou a porta. Celma quis gritar mas não pôde, pois Eduardinho a amordaçou com a própria boca. Não era beijo, era um estupro oral. Zonza, sem acreditar muito no que estava acontecendo, ela sentiu primeiro a mão levantando sua saia e, em seguida, algo duro lhe penetrando. Foi uma dor aguda, como se estivesse sendo esfaqueada; percebeu algo pegajoso escorrendo por suas pernas. Sangue, o sangue de seu hímen. Tentou gritar novamente, mas desta vez era a mão de Eduardinho que lhe tapava a boca como uma verdadeira mordaça. A operação toda levou pouco mais de um minuto e meio. Eduardinho, também, só sentiu dor ao penetrar a vagina selada e seca de susto de Celma. Deu um pulo para trás, abriu a porta da despensa, escancarou a da cozinha e saiu desembestado. Quando deu por si, estava debaixo da gameleira, ouvindo o lamento da coruja empoleirada na árvore ao lado.

Celma, como se voltasse de um pesadelo, limpou as pernas com um trapo que encontrou na despensa e, depois, queimou-o nas brasas do fogão. E sentia que estava queimando todo o desejo que lhe restava, desde aquele dia os homens passaram a ser tão somente sinônimo de dor e de força bruta. Continuou esfregando as mãos, mas as labaredas que se desprendiam do trapo ensanguentado não foram suficientes para secar as lágrimas que desciam de seus olhos. Acho que foi a partir deste dia que a Celma se transformou, definitivamente, na tia Celma.

Na sala, Maricota foi a primeira a se dar conta da ausência de Eduardinho.

- Uai, Chicão, cadê seu menino bonito?

- Tá lá na gameleira, fazendo dueto com a coruja do Condenado, - respondeu-lhe Fihinha que, quase sem mudar a entonação, dirigiu-se à dona Adelaide - Mãezinha, hoje a senhora tá com a sorte toda...

E enquanto Adelaide gritava eufórica seu "vale seis", batendo a mão na mesa com a carta entre os dedos, Fihinha terminava sua frase, sem que quase ninguém a ouvisse:

- Aproveite, Mãezinha. A sorte é uma safada, que vive dando rasteira na gente...

∗∗∗

4
CAPIM ALTO

Depois da morte de Fihinha, Dona Adelaide e Sá Belarminda nunca mais colocaram os pés no casarão da fazenda do Capim Alto. E a sala do truque, antes tão iluminada pelo lampião de tela, tornou-se sombria, literalmente entregue às baratas - e até ratos - que a ocuparam no lugar dos jogadores. Havia duas janelas na sala. Uma delas, a maldita, foi fechada para sempre. Meu pai, a pedido de minha avó, trancou-a com dois enormes cadeados e jogou as chaves no meio do açude de águas turvas construído no ponto de encontro dos dois córregos que passavam pela fazenda. Os gritos de "vale seis", os risos de Francisquinho, as galinhagens de Maricota, foram substituídos por um silêncio abafado no casarão vazio. Durante o dia, quem tomava conta da casa era Inhá Quinha, tão velha como a Belarminda, já cega de um olho tomado pela catarata. Cozinhava para os peões e os dois empregados do engenho, varria os quartos diariamente, mas só de vez em quando, quase serrando seu olho bom, aventurava-se na sala do casarão para retirar o acúmulo de poeira. Servia o jantar às quatro e meia da tarde, porque antes das seis, evitando o sol se por, ela deixava o casarão, religiosamente, todos os dias, e ia dormir no casebre de chão batido do Martinho, capataz da fazenda. O casebre de pau a pique dispunha de três míseros quartos; um deles para Martinho e Preta, sua mulher, num outro se apinhavam em camas pelo chão cinco dos filhos do casal e, no terceiro, Inhá Quinha e as duas filhas menores.

Que contradição! A pouco mais de trezentos metros dali estava um casarão de doze quartos, uma imensa sala, uma cozinha igualmente grande, tudo completamente vazio, parecendo castelo assombrado. Mas, mesmo se dona Adelaide permitisse - e ela jamais iria consentir que o casarão fosse tomado pelos empregados, preferia-o assim, vazio, - Preta, Maria da Conceição na pia batismal, o corpo deformado de tanto parir, a perna roxa de varizes arrebentadas, não teria coragem de dormir naquele lugar. Cismada, Preta estava segura de que agora, além do condenado debaixo da gameleira, a moça de tranças também vagava todas as noites pela casa vazia. Já tinha até ouvido, em noites de insônia, o gemido da morta, seguindo-se ao estampido seco. Além do mais, acreditava na lenda, confirmada por viajantes que passavam pela estrada ao lado do casarão, de que sempre, na noite do aniversário da tragédia, Fihinha era vista debruçada na janela, aberta de par em par, apesar dos dois cadeados - que nem com as chaves se abririam mais, de tão enferrujados. Mesmo durante o dia Preta jamais se aventurou a colocar os pés no casarão e se benzia sempre quando sua vista, o que era muito frequente, era atraída pela janela trancada.

- Deus me livre e guarde. Que Jesus dê descanso à alma dela.

Flúvio tinha dez anos quando Fihinha morreu e era a última esperança de Amadeu para dar continuidade a Capim Alto. A trinca Tião Andrade-Zé Trindade-Pedroca funcionava, justamente, em sentido contrário, endividando-se em noites de bebedeira e jogatina. Orlando Andrade, o mais velho, que nem sequer era filho de Amadeu, divorciou-se da família muito cedo. Tinha vinte anos quando se casou, comprou uma fazenda bem distante com o que lhe tocou da herança do pai, perto da fronteira com a Bahia e lá construiu uma vida completamente independente do resto dos irmãos.

A Janela

Aos treze anos, após completar o curso primário em Santo Antônio das Tabocas, Flúvio assumiu as lides da fazenda. Amadeu não só estava velho, mas, sobretudo, atacado por uma crise de melancolia que o acompanhou até a morte. Ele nunca se recuperou da tragédia. Não tinha a fibra de Adelaide que, um ano depois do tiro fatal, deixou de usar luto e convocou os antigos parceiros de truque para o reinício das noitadas de jogo na sala da casa da cidade.

- Tive um sonho com Fihinha. Ela me disse: "mãe, a vida continua". E até caçoou comigo: "sem truque a senhora não pode viver. Pode jogar, mãezinha, eu deixo".

Amadeu ouviu a justificativa de Adelaide de cabeça baixa, em silêncio. Cinco anos depois, Adelaide precisou suspender o truque outra vez, temporariamente, e vestir-se de luto por mais um ano. A morte de Amadeu foi serena. Sentiu uma pontada no peito na hora do jantar, uma sensação de que lhe faltava o ar.

- Vou tirar uma soneca pra ver se a palpitação passa.

Passou. Amadeu não acordou mais.

***

Dona Adelaide estava na cozinha com Sá Belarminda quando chegou a comitiva: Tião, Zé e Pedroca. Era raro que os três se juntassem; mais raro ainda que, juntos, fossem visitar a mãe de dois e madrasta do outro. Pedroca foi quem primeiro falou, mas sem o tom brincalhão que sempre o caracterizou. A solenidade de sua voz indicava que o assunto era sério.

- Mãe, precisamos conversar com a senhora.
- Vão falando, vão falando - respondeu dona Adelaide na sua impaciência congênita, mal abrindo a boca para que não caísse o cigarro de palha.
- Aqui não, mãe. Vamos para a sala.
- Deixem de potoca, meninos. Falem logo.
- Vamos pra sala, mãe.
- Fedaputa!

A explosão do "p" do "pu" da puta foi mais forte do que de costume, lançando o cigarro de palha a mais de um metro de distância. Emendou o "fedaputa" com um sonoro "bosta", curvou-se para apanhar o cigarro, meteu-o na boca, apertou-o entre os dentes e foi para a sala arrastando as chinelas.

- Agora falem, seus porcarias!
- É a fazenda, mãe! A gente tem de vender a fazenda.

Dona Adelaide ficou alguns segundos calada. Levantou-se, foi até o quarto e voltou em seguida com seu chicote na mão.

- Fedaputas!

Desta vez, o cigarro voou mais de três metros de distância, desintegrando o "p" do "pu" das putas. No plural, a palavra tinha endereço certo, não era o vago e genérico "fedaputa" que dona Adelaide dizia, às vezes, por puro automatismo. Perna pra que te quero, os três deram no pé para se livrar das chibatadas. Exausta de tanto chicotear a sala vazia, dona Adelaide sentou-se na sua cadeira do truque e disse, gritando para as paredes:

- Cambada... O Capim Alto ninguém vende!

Pisou sobre o cigarro de palha, esfregou-o no chão, imaginando que fosse a cabeça do Zé Trindade, o filho da outra, da puta mesmo, que estava corrompendo seus filhos.

Estava enganada dona Adelaide. Se sacanas eram, estavam em pé de igualdade. Quer dizer, Zé Trindade e Pedroca eram a emoção à flor da pele, agiam sem pensar. Diferente do Tião Andrade, o filho do outro, que não era meio-irmão nem nada do Zé Trindade. Mas quem saiu no tapa com ele, naquele dia mesmo, foi seu meio-irmão Pedroca, o único irmão de pai e mãe de Flúvio e da penca de mulheres que o casal Amadeu-Adelaide produziu. Escorraçados da casa materna - da casa da madrasta, do ponto de vista do Zé Trindade - os três foram cair no ponto das discussões, à mesa que tinham quase cativa num canto do Bar Brasil. Zé Trindade falou sem pensar:

- O que a gente vai fazer com esta velha esclerosada filha da puta?

A reação de Pedroca foi também sem pesar as consequências. Sapecou um tapa no pé do ouvido do meio-irmão, que caiu como se fosse um saco de batatas. Antes que a zonzeira passasse e o revide viesse pronto - Zé Trindade não era do tipo de levar desaforo para casa, muito menos bofetada -,Tião Andrade raciocinou rápido, puxou Pedroca pelo braço e falou com a autoridade de um pragmático, quando o conflito é feio.

    - Vá embora, antes que saia mais besteira.
    - Ele não pode falar assim de nossa mãe.
    - Vai embora, Pedroca.

As paredes do bar ainda se mexiam, devido à tontura do tapa, quando Zé Trindade levantou-se cambaleante, mas já com a mão no cabo de seu 38 e perguntou com a voz pastosa:

    - Quedê ele? Quedê ele?
    - Fique calmo, Zé. Que negócio é esse? Ocê não vai matar o Pedroca por causa de uma besteira dessa.
    - Besteira?! Ocê acha que tapa na cara de homem é besteira? Qualé, Tião, ocê pode ter sangue de barata, mas eu não, toro aquele filho da puta!

Tião também não estava gostando nada de tantas ofensas dirigidas contra a mãe e, no fundo, achava que o tapa tinha sido merecido. Pensou em reagir, em aproveitar a zonzeira do Zé Trindade, desarmá-lo e completar o pé no ouvido com um soco na boca que não tinha o mínimo respeito por dona Adelaide.

    - Faça a primeira parte do que pensou. Esqueça a segunda.

Foi uma voz conhecida, mas que parecia tão distante, que lhe soprou a sentença no ouvido. Num lance rápido, afastou a mão de Zé Trindade e apoderou-se de seu revólver, diante do olhar assustado de uns três fregueses. Valdir Ferreira saiu de trás do balcão - cumprindo a sua sina de dono de bar e de estar sempre à frente da turma do deixa disto - e foi ajudar o Tião na sua tarefa de apaziguar o enfurecido Zé Trindade. E já trouxe o único remédio capaz de acalmá-lo em momentos de tanta fúria: um copo transbordando de cachaça.

    - Dê cá meu pau de fogo, senão eu espatifo sua cara também.

- Só devolvo depois de passar a raiva.

O braço de Zé Trindade já estava armado para um pescoção, quando Valdir Ferreira entrou de cunha.

- Parem com isso, rapazes. Toma aí, Zé, procê se acalmar.

Ainda com o braço armado, Zé Trindade perguntou:

- Esta pinga é daquela desgraça de fazenda? Se for, eu não tomo.

- Pode tomar, essa vem dos Melosos.

Em sã consciência, a última coisa que Zé Trindade queria fazer era brigar no tapa com Tião Andrade. Sim, o Tião não era esquentado que nem ele e o Pedroca, mas era capaz de guardar a raiva por muito mais tempo. Se dava um tapa - e deu muitos em sua vida - era porque já tinha pensado em todas as possibilidades, analisado até as últimas consequências para ter certeza de que levaria vantagem. Se fosse o Tião quem tivesse levado a mão no cabo do revólver, o Pedroca podia ter encomendado a sepultura ou, então, sumido para sempre de Santo Antônio das Tabocas. Tião não se inflamava como fogo de palha que se apaga com um copo de água fria, ou de cachaça. No seu pragmatismo sabia, como ninguém, guardar o ódio para dar o bote na hora certa.

De um gole só, Zé Trindade sorveu os 250 ml de pinga e pediu outro. Valdir não se fez de rogado e deu-lhe o remédio. Meio litro de cachaça a 42° foi a dose certa para operar o milagre, espaventando o rancor que quase dera em fratricídio. Zé Trindade sentou-se e começou a chorar copiosamente, pedindo que alguém fosse buscar o Pedroca, gritando que estava arrependido de ter pensado em matar o irmão e que não queria ofender, de jeito nenhum, a dona Adelaide. Para o Valdir, ainda chorando:

- Traga outra pinga. Mas eu quero do Capim Alto. Eu quero beber uma pinga do Capim Alto, que é a melhor do mundo.

Enquanto Valdir aviava a receita, Pedroca - que também já tinha sido medicado - entrava no bar Brasil segurado por dois amigos, para que não caísse de tão bêbado.

A Janela

- Mano!
- Mano!

Zé Trindade levantou-se trôpego e caiu nos braços do meio-irmão. Foi difícil separar o abraço, as lágrimas misturadas, os dois pronunciando sem parar a mesma frase:

- Me perdoe, mano.
- Me perdoe, mano.

Sentaram-se para tomar mais uma dose da Cristalina do Capim Alto. Pouca gente percebeu o olhar de desprezo que Tião lançou sobre a dupla bêbada, enquanto se retirava com passos rápidos e firmes do Bar Brasil. Seu pensamento todo estava concentrado numa única questão: como convencer dona Adelaide a vender a fazenda.

***

A briga e a reconciliação no Bar Brasil acabaram chegando, naquele dia mesmo, aos ouvidos de dona Adelaide, que reagiu com mais um explosivo "fedaputa". O "fedaputa" normal, rotineiro, mas que ainda chocou a pobre da Felícia, que voltava da Igreja, assídua que era da novena de Nossa Senhora das Graças. Ferida em sua pureza, talvez por estar ainda baratinada pelo incenso e o ritual de rezas que a deixava quase em transe, teve a ousadia de dizer:

- Mãezinha, não diga isso, mãezinha!
- Cala a boca, menina. Vai rezar, vai rezar para ver se tomam jeito os fedaputas de seus irmãos.

No quarto, Felícia rezou três rosários em voz alta. O primeiro, diário e costumeiro, para que Deus perdoasse os nomes feios que saíam da boca de sua mãe, que de resto era bondosa; o segundo para que seus irmãos nunca mais brigassem entre si; e o terceiro para que nunca mais, nunca mais mesmo, o Zé Trindade chamasse o Capim Alto de fazenda desgraçada. Nossa Senhora das Graças, na sua infinita bondade, e a alma de Fihinha, que estava no céu ao seu lado, não iam permitir que isso acontecesse de novo.

***

Tião Andrade tinha razão em se preocupar. Os credores estavam ficando impacientes, já fora obrigado até a vender seu Ford e faltava muito para cobrir os 30 contos que ainda devia a Deus e ao mundo, sobretudo ao Geraldo agiota, que ia concentrando em suas mãos as duplicatas dos irmãos azarentos. Já dizia para todo mundo ouvir:

- Qualquer dia troco os papagaios pelo Capim Alto.

Pedroca não ficava atrás de Tião Andrade. Praticamente nunca mais ganhou depois da morte de Fihinha. Não havia em Santo Antônio das Tabocas um só jogador de sete e meio que não tivesse pelo menos uns cinco vales com sua assinatura. No total, sua dívida beirava os 40 contos e ele não tinha de onde tirar para pagar. O que ganhava, servindo de intermediário na venda de bois para um matadouro de Belo Horizonte, era muito pouco para o rombo do sete e meio. Zé Trindade herdara do pai uma fazenda de 50 alqueires, mas sua venda também não cobriria a dívida de jogo, alta como a do Pedroca, e ainda lhe tiraria a única fonte de renda para continuar tomando cachaça e alimentando a mulher e o filho de um ano. Capim Alto era grande, mil alqueires de terras férteis que se prestavam ao plantio de milho, arroz, algodão e ainda sobravam amplas pastagens para 250 vacas leiteiras. O casarão, se retocado, era ainda imponente o bastante para dar status de fazendeiro próspero a quem o habitasse. A coberta de tirar leite, onde podiam ser ordenhadas de uma vez mais de setenta vacas, estava muito bem conservada, como também estavam os currais em volta, tábuas de peroba protegidas com piche para resistir às intempéries. E os pastos muito bem divididos, cercas com quatro fileiras de arame farpado pregadas em estacas de aroeira que não apodrecem nunca. O engenho ainda estava intacto, resistindo às artimanhas da trinca que tudo fazia para vender suas partes.

Depois da morte de Amadeu, dona Adelaide entregou o engenho ao Martinho, para que o explorasse em seu próprio benefício. Seu funcionamento tornou-se precário, muito aquém de sua capacidade, deixando ao deus-dará a maior parte dos imensos canaviais que agora serviam de ração ou simplesmente apodreciam. No fundo do casarão, adubadas, com o esterco da coberta e dos currais, erguiam-se frondosas mangueiras de todos os tipos: manga-rosa, mangaespada, manga coração-de-boi, manga-pequi, manga-carlota e até a corriqueira manga-abóbora. Mais ao fundo, um laranjal eclético como as mangueiras: laranja-pêra, laranja água-com-açúcar, mexerica, lima e laranja-da-terra para fazer doce. E limoeiros: limão-galego que combinava tão bem com a cachaça do alambique, e limão-capeta, excelente para temperar carne de porco, capaz de cortar o ranço de qualquer cachaço abatido. Entre o laranjal e as mangueiras, o jabuticabal, formado por umas trinta jabuticabeiras frondosas, que ficavam negras de frutos todos os anos. Do outro lado do rego que trazia água do açude para o engenho, na parte mais alta, estavam as goiabeiras, suficientes para a produção de, pelo menos, uma tonelada de goiabada. A variedade aí, também, era incrível: goiabinha doce como uva, goiaba branca maior do que pêra e a goiaba da cor de goiaba mesmo, o bicho branco movendo-se lento no vermelho desbotado do interior da fruta. Graças ao bicho, talvez a goiabada seja o doce mais rico em proteína. Na parte mais baixa era o reino das bananeiras: banana-ouro e prata, além da marmelo que dava, também, para uma tonelada anual de bananada. Espalhados pelos dois lados do rego, havia mamoeiros e amoreiras e até uma jaqueira com aquela fruta grande e sem graça que, se cair na cabeça, pode matar. Rastejando, ao longo do rego, abóbora d'água, abóbora de porco, morangos e melancias enormes de até 15 quilos de doçura pura. Pequena correção: no Capim Alto ninguém sabia desta história de mangueira, jabuticabeira, goiabeira, mamoeiro, muito menos limoeiro. Era pé de manga, pé de jabuticaba, pé de goiaba, pé de mamão, pé de limão.

Enfim, com tantos pés, bem administrados, só o pomar de Capim Alto poderia cobrir, com o tempo, a dívida de Tião, Zé e Pedroca. Mas os três, que na certa não leram a história da galinha dos ovos de ouro, estavam seguros de que a venda era a melhor solução. A venda na bucha. Daria para pagar as dívidas, saldar todos os papagaios de Geraldo Agiota e ainda sobraria dinheiro para Tião comprar um novo Ford e até mesmo para que cada um deles adquirisse uma tira de terra ou montasse um pequeno negócio necessário à sobrevivência. Tião tinha, diríamos, argumentos antilatifundiários. Dizia que era muito perigoso, muito arriscado, manter uma fazenda tão grande. E se a febre aftosa matasse de uma vez só as 250 vacas leiteiras? E se a seca destruísse as lavouras? E, se não fosse a seca, mas a chuvarada que, no ano anterior, tinha impedido a colheita do algodão? Fazenda, para ser bem administrada, tem de estar no limite dos olhos - além do horizonte, tudo está fora de controle. Mais ainda: como é que um rapazinho como o Flúvio, que nem barba tinha, ia tomar conta de uma fazenda daquele tamanho?

- Vamos vender agora, enquanto tem o que vender! Era a décima vez que Tião colocava o mesmo argumento para dona Adelaide e a resposta era sempre a mesma, sonora e explosiva:

- Fedaputa. O Capim Alto ninguém vende!

De modo que era justificada a alegria manifestada por Tião Andrade naquela manhã fria de maio na porta do Bar Brasil, enquanto dizia para o Pedroca:

- Avisa ao Zé Trindade que a velha quer conversar com a gente. É sobre o Capim Alto.

5
ADELAIDE E ARISTIDES

       Adelaide tinha catorze anos quando se casou com Aristides Andrade em 1888, pouco antes de a princesa Isabel assinar a Lei Áurea. Aristides era seis anos mais velho, cresceu na fazenda do pai com todas as mordomias que a escravidão permitia. Amigo de infância não teve, pois o Oscar, que sempre o acompanhava, não podia ser classificado como tal - era pau para toda obra, obrigado até a desvendar seus pensamentos e dar tudo de si para satisfazer seus desejos. Se fazia muito calor, lá ia o Oscar buscar água do pote para o patrãozinho ou passava horas abanando-o com um velho almanaque; arreava seu cavalo e, mais tarde, quando atingiram a adolescência, era o Oscar quem selecionava as escravas mais bonitas da fazenda para trepar com Aristides. Tinham a mesma idade. Nasceram em 69, azar do Oscar, com mais dois anos poderia ter sido gerado, legalmente, num ventre livre, se bem que isto na prática não significasse muita coisa. Sua irmã, Celestina, não conheceu outra coisa senão o inferno da escravidão, ainda que, em teoria, fosse livre, nos termos da lei de 1871. Ela mesma haveria de trazer em seu ventre condenado a lamber fogão um filho bastardo de Aristides, oferecida que foi, pelo próprio irmão, ao futuro marido de Adelaide. Ainda grávida, foi expulsa da fazenda seguindo a norma vigente de que as aventuras amorosas de Aristides não deveriam deixar rastro. As famílias de bem, tome-se a expressão no sentido econômico, estavam cansadas de saber que mulatos bastardos, reivindicando paternidade superior, só causavam problemas e o melhor mesmo era escorraçar a mãe para bem longe - antes da parição. E as escravas - seria castigo? - eram mais parideiras do que as brancas selecionadas para gerar os herdeiros legítimos. Quem sabe, aí, mais uma da providência divina: herdeiros demais sempre acabam em briga e, às vezes, fratricídio. O próprio Oscar encarregou-se de levar Celestina, prenha de cinco meses, para Santo Antônio das Tabocas, então um aglomerado de pouco mais de trinta casas, deixando-a só, ao relento, com uma pequena trouxa de roupa e o fruto do estupro na barriga. Foi estupro. Ela, calada, sem reagir, porque se reagisse, levaria umas chibatadas, com as pernas abertas para facilitar a penetração, que ela esperava ser rápida e, felizmente, foi.

- O patrãozinho qué ocê na cama dele agora.

Celestina nem sequer respondeu. Apenas abaixou a cabeça e acompanhou o irmão. Foi assim, de cabeça baixa, que ela entrou no quarto que Aristides tinha numa casa afastada da sede da fazenda, construída especialmente para suas trepadas.

- Tira a roupa!

Celestina tirou, com desdém.

Aristides sentiu-se desconcertado. Teve vontade de esbofetear a ex-escrava. A passividade é uma coisa horrível para o outro que força a barra. Desarvora. É muito difícil exercer a autoridade contra alguém largado no solo - ou na cama - , feito um saco de batatas. Virar, mexer, requebrar, gemer de prazer não são verbos que se enquadram no terreno das ordens. Tais verbos, no imperativo, só são eficientes quando pronunciados com doçura, de preferência sussurrados no ouvido com uma lambidela bem molhada e isso Aristides não sabia fazer, muito menos com uma preta que, por conta de uma lei liberal - ideia de uns abolicionistas vendidos à Inglaterra -, não era mais escrava como deveria. Estes pensamentos martelavam a cabeça de Aristides quando gozou, um gozo rápido de descarrego, sem o frenesi do orgasmo que os quadris da quase escrava, bem rebolados, na certa proporcionariam. Nunca mais se ouviu falar de Celestina. Dizem que foi levada por um cigano que sabia falar adocicado em seus ouvidos e com quem, pela primeira vez, teve prazer em trepar.

 O casamento foi acertado pelos pais. E para Aristides, o casamento era mesmo um negócio, nada mais do que o meio tradicional e mais certo de unir duas fazendas. Pouco lhe interessava que Adelaide fosse feia ou bonita, pois, para trepar, tinha as pretas arregimentadas pelo Oscar. O que Aristides não sabia é que Adelaide, de espírito, não era a pessoa certa para ser a companheira de alguém que sempre teve tudo na mão e tinha pelas mulheres o mesmo desprezo dedicado aos escravos. A mãe encarregou-se de lhe incutir o princípio bíblico de que as mulheres nasceram mesmo com a sina da escravidão, que foram colocadas neste mundo única e exclusivamente para servir aos homens. Escravas. E não haveria nenhuma lei áurea que pudesse suplantar uma lei de Deus. Mesmo branca, a mulher tinha de se submeter ao homem, sacrificar-se como mãe ou como esposa e até, se assim desejasse o marido, ser amante, fingir prazer, porque tê-lo era pecado e não podia, nunca, esquecer sua principal função: reprodutora de herdeiros. A mãe de Adelaide também tentou meter essas verdades em sua cabeça, repetindo em seus ouvidos a mesma ladainha, todas as noites antes de dormir:

 - Minha filha, estamos nesta terra para pagar nossa culpa. Só nos resta pedir a Deus todo misericordioso que alivie um pouco o nosso fardo.

 Não. Alguma coisa na cabeça de Adelaide lhe dizia que não tinha de ser assim. Só porque os homens têm aquela coisa dependurada entre as pernas - ela não reprimia o pensamento, deixava a revolta galopar na imaginação - eles não são os senhores, pelo menos afirmava em silêncio, com os olhos fechados – "não serão os meus senhores". Ela tinha doze anos quando soltou, alto e em bom som, seu primeiro "fedaputa". O alvo foi seu irmão, que a impediu de participar da brincadeira de esconde-esconde, que era só para os meninos. O palavrão custou-lhe dez chicotadas desfechadas pelo pai, metódico e calculista, enquanto a mãe, aos prantos, rezava e rezava, pensando que a filha estivesse possuída pelo demônio.

    Adelaide não era, definitivamente, a mulher que Aristides pedira a Deus. Durante o noivado, que durou seis meses, ele pensou que a rebeldia seria facilmente controlada. Mulher era como cavalo bravo que se doma com uma boa espora e umas lambadas no momento certo. Ele, Aristides, iria ensinar-lhe o significado da palavra respeito, dobrá-la como se verga uma vara de pescar, torna-se-ia mais dócil e servil do que o Oscar, mais submissa do que as pretas que apaziguavam seu tesão, obediente como manda a lei de Deus e dos homens.

    - Não se preocupe, mãe. Comigo ela entra nos eixos.

    Maria Aparecida Ferreira de Andrade, mesmo sabendo que a união do Ribeirão Fundo com o Capim Alto não era negócio para ser jogado fora, temia que a menina Adelaide fosse dar muito trabalho ao seu filho. Sabia, de fonte limpa, que em casa ela recusava adotar o comportamento reservado às donzelas e tudo isso com a devida permissão dos pais. Junto aos peões, gente por natureza de índole baixa, ia campear o gado em pastos distantes e só não montava a cavalo à maneira dos homens porque a saia comprida não lhe permitia. Reclamava sempre, pensando na foto - que vira num surrado almanaque - de Joana Calamidade montada a cavalo, calça de homem, botas e espora, revólver na cintura e chicote na mão.

    - Diabo de trem excomungado é saia comprida. Ainda bem que lá no estrangeiro já tem mulher vestindo carça.

    Não a convencia a explicação das mulheres idosas da fazenda de que, por natureza, a mulher não podia ficar enganchada no lombo de um cavalo. Era feio e ainda por cima perigoso.

    - Perigoso por quê?

    - Ora, menina, pode arrebentar as ligas.

    - Que ligas?

    - As ligas que a gente tem lá dentro. Deixa pra lá. Deixa pra lá...

A Janela

Adelaide não era de deixar pra lá. Os risinhos mal disfarçados sugeriam que arreganhar as pernas em cima do cavalo poderia relaxar os músculos da vagina e todo mundo sabia que mulher larga não segura marido. Mas, ter filhos, um atrás do outro, não alarga também? Ficar de cócoras lavando roupa, tem liga que resista? "Isto é tudo invencionice", pensava. E agia para provar que tinha razão; quando se via sozinha, montada em seu alazão, levantava a saia, com muito custo, e galopava esbelta como Joana Calamidade à caça de índios no Oeste selvagem. Acabou sendo vista enganchada em seu cavalo, levou vinte chineladas da mãe, foi proibida de montar em seu alazão e de participar do campeio do gado.

- Mulher foi feita para ficar em casa - repetiu a mãe, vinte vezes, uma para cada chinelada.

Adelaide não se conformou em ficar dentro de casa e até pensou que a mãe estava dizendo aquilo era para si mesma, convencendo-se de que era sua sina o enclausuramento doméstico. Voltar aos pastos Adelaide não voltou, mas assumiu a tarefa de apartar as vacas dos bezerros, todas as tardes, por volta das três. Lá ficavam os bezerros, num pasto separado, reclamando em longos mugidos, enquanto as mães eram levadas para o pasto maior, a fim de transformar o capim em leite. De manhã, a reunião barulhenta, uma sinfonia de mugidos, os bezerros esperando sua vez num curral apertado. Podiam entrar três de cada vez e já encontravam suas mães devidamente piadas exibindo seus peitos intumescidos. Uma, duas, três, quatro, cinco mamadas no máximo e o animal era tirado no laço, arrastado, na maioria das vezes tentando se segurar nas tetas da mãe com os beiços apertados. Depois da ordenha, mães e filhos eram soltos no mesmo pasto para o convívio que duraria até às três da tarde. Mas os peitos já estavam murchos e muitos bezerros continuavam mugindo de insatisfação. Não poucas vezes, na hora de apartar as vacas, Adelaide sentia que também era parte de um rebanho separado, segregado dentro das casas com a missão praticamente exclusiva de gerar filhos. Vacas. As mulheres eram pouco mais do que vacas. Adelaide não podia e não queria aceitar esta realidade e brandia seu chicote, castigando as vacas por serem tão submissas.

Maria Aparecida Ferreira de Andrade tinha mesmo motivos para se preocupar. Mas confiava no filho, que era forte e enérgico, 1 metro e 85 de músculos bem distribuídos, um reprodutor nato, imponente como o garrote da fazenda que tão bem dava conta do recado, emprenhando por semana umas trinta vacas solteiras que ficavam sempre à sua disposição em seu pasto particular. E os privilégios de Aristides eram ainda maiores. Seu pasto não tinha cercas e as pretas à sua disposição, campeadas pelo Oscar, eram mais de trinta. Pensava nelas como se fossem novilhas selecionadas, boas para uma trepada, duas no máximo, para depois serem soltas nas cozinhas (soltas não é bem a palavra) ou abatidas na rua da amargura da prostituição. Ah, sim, Santo Antônio das Tabocas era só um arraial de quinze casas mas, entre elas, segregada atrás de um capão de mato, havia o casebre das decaídas, os refugos do Aristides e de outros donzelos reprodutores de herdeiros. Na passagem do século, já havia cinco casas atrás do capão de mato, numa delas o cabaré, onde se podia ouvir lundu e polca, enquanto se tomava sopa de galinha, regada com cachaça.

- Eu te ajudo, meu filho. Aqui nesta casa eu não vou permitir que ela coloque as mangas de fora. Credo, mulher no curral com chicote na mão!

- Fique sossegada, mãe. Vou amansá-la direitinho.

Adelaide achou ridículo o vestido branco, cheio de rendas, feito especialmente para o casamento. Submeteu-se, todavia. Na primeira noite, no quarto amplo da fazenda, não mais do que uma comunicação monossilábica, quase mecânica:

- As muié contou o que ocê tem de fazer?

Não era muita coisa, nem era assim tão difícil. Era só ficar deitada de costas com as pernas um pouco abertas, não exageradamente, com a camisola levantada e permanecer bem relaxada. Adelaide respondeu, seca:

- Eu sei. Mas hoje não pode. Estou nos dias de sangramento.

Aristides olhou-a enojado, saiu batendo a porta e foi dormir em outro quarto. A indiferença que Adelaide tinha em relação ao noivo e agora marido, a partir daquela noite, evoluiu do desprezo para o ódio. Pensou alto:

- Fedaputa. Vá ter nojo da puta que o pariu.

Na manhã seguinte teve o primeiro confronto com a sogra. Às seis e trinta, ainda mal acordada, viu dona Maria Aparecida remexendo as gavetas da cômoda onde colocara suas roupas e pertences.

- A senhora tá procurando alguma coisa?

Não respondeu e continuou sua revista, até encontrar o que procurava: o chicote de Adelaide, metido entre as roupas.

- Isto aqui. Nesta casa quem usa chicote e vai pro curral apartar vaca é home. Muié fica dentro de casa, que tem muito que fazer.

Adelaide repetiu vinte vezes em pensamento "fedaputa" e, de tanto repetir, a palavra acabou saindo entre os dentes trincados. Dona Maria Aparecida, que era um pouco surda, só ouviu a última parte da palavra. Teve um chilique na hora, gritando para a fazenda inteira ouvir:

- Meu Deus, que é que meu filho trouxe pra dentro de casa. Nois vai ensinar ocê a tê respeito e criar vergonha de gente.

Tentou, sem conseguir, quebrar o cabo do chicote, aproximou-se de Adelaide e deu-lhe uma bofetada no rosto. Ela teve de reunir todas as forças para controlar a raiva de adolescente ferida no corpo e na alma. As mãos crispadas, Adelaide levantou-se e saiu do quarto de camisola, correndo para o curral, chorando de pura raiva, enquanto a sogra prosseguia seu sermão. Foi arrastada de volta para casa pelo marido, a camisola branca encardindo-se com o estrume das vacas, o espírito enlameando-se de humilhação. Muitos anos depois, a adolescente transformada em dona Adelaide, com direito conquistado de usar chicote, andar pelos currais, fumar seu cigarro de palha e dizer o palavrão que lhe viesse à telha, se lembraria da cena nas noites de truque, respondendo à pergunta, tantas vezes repetida do Francisquinho:

- Conta, Adelaide, como é que foi sua primeira lua-de-mel?

- Que lua-de-mel. Eu tive foi lua-de-merda.

***

Houve outros confrontos com a sogra, que felizmente morreu antes de completar o segundo aniversário do casamento. Pneumonia. Começou com uma gripe de nada, apanhada num vento encanado, no momento em que tomava banho. A tramela soltou-se, a baforada de vento bateu forte, escancarando a janela de par em par. Dona Maria Aparecida pulou para fechá-la na sua nudez decrépita e, para o mal dos pecados, a porta também se abriu, de modo que ela recebeu no peito uma golfada da friagem de julho. De nada adiantou o chá de erva-cidreira que tomou antes de dormir: amanheceu tossindo e quase sem voz. Foi piorando, piorando, febre na semana seguinte, meteu-se na cama e morreu quinze dias depois, desesperada porque não encontrava ar para respirar. Aristides deu à mãe a concessão do choro, permitiu que as lágrimas corressem soltas diante da morta estirada no caixão - ele que vivia dizendo que homem não chora. Adelaide foi a que não chorou. Em seu rosto nem uma marca de tristeza ou de compaixão: a sogra morta merecia de sua parte o mesmo desprezo dedicado à sogra viva.

***

Orlando, o primeiro filho sobrevivente do casamento, nasceu poucos meses antes da morte de dona Maria Aparecida. Foi antecedido pelo Aristides Filho, que morreu com o umbigo infeccionado antes de completar trinta dias de vida. Fizeram, a pedido da mãe de Aristides - Adelaide não queria, achava besteira - a tradicional foto de anjinho, o cadáver do bebê, tingido com o cinza da morte, todo vestido de branco, metido num caixão mais branco ainda, que mais parecia uma caixa de sapato. Uns dez por cento das fotos que abarrotavam uma grande gaveta da cômoda do quarto de dona Maria Aparecida eram de cadáveres estirados no caixão. Era uma fanática das fotografias e tudo que era nascimento, batizado, casamento e morte dentro da família tinha que estar, necessariamente, guardado em seu arquivo. Todas as noites, antes de dormir, ela olhava durante uma boa meia hora algumas fotografias, o semblante mudando - alegre, esboçando um leve sorriso; triste, quase deixando as lágrimas rolarem -, dependendo da recordação que a fotografia despertava. Faltava uma foto no arquivo de dona Maria Aparecida: o retrato do casamento de Aristides e Adelaide. Sogra e nora haviam desenvolvido uma antipatia tão grande uma pela outra que era preciso eliminar todas as recordações desnecessárias. A fotografia do casamento que Aristides deu à mãe foi rasgada e, em seguida, queimada, para não deixar nenhum traço do tremendo erro; a escolha mal feita não passaria à posteridade em seu arquivo pictórico.

Aristides Filho deve ter sido concebido no quarto ou no quinto dia depois do casamento. Despida de seu chicote, arrastada para dentro de casa como uma rês abatida, Adelaide decidiu punir o marido com a arma que lhe restava, a mesma empregada por Celestina: a indiferença. Não lhe deu, sequer, o prazer de um gemido quando seu hímen foi rompido no quarto dia do casamento, findo o período de menstruação. Uma trepada sem qualquer pitada de romantismo, antecipada por um diálogo seco:

- Hoje já pode?
- Pode.

Adelaide esperou Aristides cumprindo à risca as instruções: deitada de costas com as pernas levemente abertas e o olhar apagado, como de alguém que vai cumprir uma rotina e não experimentar pela primeira vez o contato carnal. Aristides que, escondido fez o pau ficar duro com uma meia masturbação, vestindo ceroulas compridas e camiseta, deitou-se sobre Adelaide e penetrou-a sem nenhuma preparação, sem sequer tocar seus seios e pernas. Ela suportou a dor mordendo os lábios, disposta que estava a não soltar nem um "ai". Finda a operação, que durou no máximo dois minutos, Aristides deitou-se de lado e dormiu o sono do macho satisfeito, sem dizer uma palavra, sequer um mero e descomprometido boa-noite. Adelaide não dormiu. Passou horas olhando o marido, enquanto circulavam em sua cabeça ideias malucas. Enfiar-lhe no cu a mão de pilão para ele aprender que gente não é como paçoca para ser socada; amarrá-lo, enquanto dormia, e chicoteá-lo até melar o sangue; agarrar seus colhões e apertá-los até que experimentasse a mesma dor que ela sentira ao ser varada como uma estaca por prego; arrastá-lo pelas bostas acumuladas no curral, ele amarrado numa corda, ela cavalgando seu alazão, altiva, com o chicote na mão ... E imaginou que ele pudesse, muito bem, ser picado por uma surucucu e, quem sabe, cair do cavalo, quebrar o pescoço. Esta cena pareceu-lhe mais viva do que as outras, semelhante a um filme, o cavalo tropeçando num buraco, talvez de tatu, Aristides lançado num voo como se fosse mergulhar e aterrissando com a cabeça contra uma pedra, lá ficando, estatelado no chão, os olhos arregalados e o cavalo, à deriva no meio do pasto, sem comando para onde ir. O desfile de tantas imagens atuou como anestesia no cérebro de Adelaide, aliviou-lhe a dor da primeira penetração, apaziguou um pouco a humilhação e ela pôde, enfim, dormir.

***

Sebastião Andrade nasceu três anos depois de Orlando. Entre os dois houve um aborto que quase matou Adelaide. Um ano depois do nascimento de Sebastião, Adelaide ficou novamente grávida; a barriga redondinha, sinal certo de que seria menina. As comadres e as entendidas tinham razão: era menina e ia se chamar Fihinha, quer dizer, Maria Amélia na certidão, mas este nome oficial nunca foi pronunciado. Ao ver a filha com seus olhos cinza, ainda melada de sangue e de restos da placenta, Adelaide pronunciou num suspiro:

- Minha Fihinha.

E Fihinha ficou.

Foi a melhor gravidez de Adelaide. Não teve um enjoo sequer, apesar do desejo incontido de comer tudo que era fruta que aparecesse pela frente. Por dia, devorava, pelo menos, três mangas, chupava laranja sem parar e até fez a loucura de misturar manga com jabuticaba.

- Não faça isto, menina. Isto mata! Cumê tanta fruita não é bão procê nem pra criança.

Adelaide nem ligava para os conselhos e advertências que eram também repetidos, em tom de ameaça, pelo marido truculento:

- Pare de cumê fruita, muié.

A única resposta que Aristides recebia era o olhar parado de Adelaide, o mesmo olhar que ela tantas vezes dirigiu ao marido querendo dizer:

- Vá lamber sabão.

Aos oito meses a barriga de Adelaide parecia uma bola durinha e bem formada. Era menina e menina de contornos perfeitos que se formava lá dentro. Aristides não andava nada satisfeito com uma nova mania de Adelaide: ficar horas e horas alisando a barriga, parecia até masturbação, coisa feia, indecente. Mania. Casara com uma mulher de mania, cada dia inventava uma nove-hora. Onde já se viu, uma senhora de posses, ficar esfregando a barriga feito preta sem tenência de gente. Santo Antônio das Tabocas inteira sabia, na altura dos acontecimentos, do novo hábito de Adelaide. Não estarei muito longe da verdade se disser que Aristides sentia ciúmes. Nunca, em seus já dez anos de casados, ela tocara com o mínimo de ternura qualquer parte de seu corpo. Nunca, nunca, qualquer carícia, cafuné jamais, nem sequer um toque de mão. Nada. E lá estava, diante de seus olhos, Adelaide, horas a fio, afagando a própria barriga. De modo que foi demais da conta quando, naquela manhã, Aristides entrou de supetão no quarto e encontrou Adelaide sentada na cama inteiramente nua. Viu-a assim, despida dos pés à cabeça, pela primeira vez na vida. E suas mãos, besuntadas de óleo de amêndoa, deslizavam lentamente fazendo curvas na barriga redonda. Demais da conta. Fora dos limites da tolerância. Aristides soltou um grito que ecoou pela casa inteira:

- Crie respeito de gente, muiê. Cubra suas vergonhas.

E desfechou uma chicotada punitiva. A corda fina enrolou em torno da barriga de Adelaide, prendendo por alguns instantes suas mãos lascivas. Ficou um vergão, um risco vermelho, em volta do ventre. Desta vez Adelaide não conteve as lágrimas que desceram de seus olhos em profusão, brilhando de ódio.

***

À tarde vieram trazer a notícia. O que Adelaide imaginara, anos antes, aconteceu com uma precisão desconcertante. O cavalo de Aristides tropeçou num buraco de tatu, projetando-o a uns três metros de distância. Caiu de cabeça, quebrou o pescoço e morreu nos braços do capataz que tentou socorrê-lo. Detalhe extra: na queda, Aristides lançou seu braço direito para cima, fazendo vibrar o chicote que voltou como um bumerangue, indo enrolar-se em sua barriga musculosa, quase atlética, deixando um vergão roxo que só desapareceu com a decomposição do cadáver.

Adelaide ouviu calada e impassível o relato do capataz, ainda visivelmente assustado. Quando o bando de mulheres veio consolá-la, pediu licença, dizendo que gostaria de estar só, entrou em seu quarto, despiu-se, untou as mãos e começou a alisar a barriga. A menina prestes a nascer ajeitou a cabeça para melhor sentir o afago, quem sabe querendo compartilhar com a mãe a satisfação que era visível em seus olhos.

6
FELÍCIA E SELENA

Por ter sido a mais prestativa, Felícia foi, também, a mais protegida por Fihinha. E foi, das irmãs, a que mais sofreu com sua morte, uma dor tão grande como a de Adelaide e Amadeu. Talvez seja difícil encontrar um amor desvairado de um padrasto por uma enteada como foi o de Amadeu por Fihinha. Amor sem medida, mas filial mesmo, sem nenhum vislumbre, nem no profundo da mente, que pudesse lembrar sexo. Qualquer um diria - e não estaria errado - que Fihinha era a filha predileta de Amadeu, a dondoquinha do papai, o que só servia para aumentar o ciúme das filhas verdadeiras, sobretudo de Selena, a que realmente não suportava o poder exercido pela menina de tranças sobre todos em sua volta. Das irmãs, Felícia era a única que estava em paz com o domínio de Fihinha; não tinha um pingo de ciúme da meia irmã: estava segura de que ela era uma privilegiada de nascença - era assim e pronto, as outras que se curvassem, pois ninguém pode ir contra os desígnios de Deus.

- Felícia boboca, a dondoca tá fazendo ocê de capacho.

Felícia nem respondia a Selena, embora quisesse jogar na cara da irmã, que tanto a pirraçava, que ela tinha era despeito, pura inveja de Fihinha. Era verdade, Selena nutria um despeito que quase chegava a ser ódio. Perdia para ela no olho-com-olho; a maioria dos rapazes, embora intimidados, não conseguiam esconder o fascínio que a menina dos olhos cinza exerce sobre eles. Selena roía as unhas quando Fihinha passava em sua frente como se estivesse numa passarela, ombro erguido, pescoço esticado, mexendo as cadeiras num suave balanço. E tudo isso com a naturalidade de um cisne consciente de estar rodeado de gansos desajeitados. É, Selena sentia-se como se fosse um ganso, apesar de não ser ninguém para ser jogada fora. Foi bonita e atraente, de olhos brilhantes de um castanho claro quase se aproximando do cinza de Fihinha. Mas não chegava. Aí estava o grande problema: era a comparação, diante do espelho, o que mais a atormentava. Cruel, implacável, de uma objetividade sem concessão, ele lhe dizia pelo menos umas cinco vezes por dia, pior que o espelho da madrasta da Cinderela:

- Sim, você é bonita, mas a Fihinha é muito mais.

Lena via-se forçada a ser uma simples coadjuvante e ainda tinha de concorrer com a beleza de Celma. Não adiantava mudar o penteado, usar batom às escondidas, porque nem Adelaide nem Amadeu permitiam. E quando faltava o ruge, que lhe custava tanto sacrifício comprar às escondidas, ela beliscava as bochechas, obcecada em manter o vermelho da face. Sofria mais ainda, quando tentava, sem conseguir, andar com a elegância da irmã, com seus passos sincronizados sem afetação porque tudo em Fihinha - gritava Selena para dentro de si mesma - era de uma naturalidade irritante. Nem era possível resolver a contenda no braço, no puxão de cabelo ou na dentada. Quatro anos mais velha, Fihinha tinha a robustez de uma novilha de raça, capaz de segurar Selena pelos braços e deixá-la espernear como um leitão prestes a ser imolado. O jeito, então, era descontar em cima de Felícia, a protegidinha, a boboca que fazia tudo que a dondoca queria. Selena tentava ridicularizar, erguia o pescoço de modo caricatural, jogando a cabeça para trás, fazia um requebro exagerado e imitava a voz de Fihinha, ao passar diante de Felícia:

- Felícia, vem trançar meu cabelo.

A Janela

Sim, era Felícia, ainda menina, quem fazia as tranças de Fihinha. As duas sentadas num banco da varanda, horas a fio, Fihinha, adolescente, de olhos fechados, em estado de êxtase, deliciando-se com a suavidade das mãos de Felícia, menina de nove anos, primeiro alisando seus cabelos, depois esticando-os com um pente para só então iniciar o longo e meticuloso trabalho de trançar. Era como se o mundo parasse para as duas, uma eternidade de gozo sereno, que só servia para atear mais fogo na fogueira de ciúme das outras irmãs. Maria das Graças era outra que não se conformava, mas não fazia Felícia de bode expiatório e, nem tão pouco, confrontava-se com Fihinha abertamente. Sua arma era o mexerico, vivia à caça dos tropeços da meia-irmã, de falhas, ainda que pequenas. Entretanto, Maria das Graças também não se dava bem quando tentava enredar coisas da meia-irmã para a mãe ou para o pai. Quase sempre, e talvez até possamos tirar o quase, o tiro saía pela culatra.

- Pai, a Fihinha tava dormindo pelada.
- Não invente potoca sobre sua irmã, menina. Adelaide, olha o que a Maria das Graças tá inventando.

Era sempre assim. Na hora da repressão corporal, das chineladas e das chicotadas, dos tapas e dos safanões, Amadeu sempre recorria a Adelaide. Em toda sua vida, nunca bateu em nenhum de seus filhos, muito menos nas filhas. Mas com Adelaide era diferente:

- Repita, menina. O que foi que disse?
- A Fihinha tá dormindo pelada, mãe.
- Mentirosa. E ocê fica espiando sua irmã debaixo das cobertas?!

Maria das Graças retirou-se com a boca ardendo por obra e graça de uma certeira chinelada. Adelaide, diferente de Amadeu, era tão boa em chineladas como em chibatadas, sem contar as vezes que recorreu à vara de marmelo, regra três de seu chicote.

À noite, ainda com a boca ardendo, Maria das Graças sonhou que estava nua, perdida num dos pastos da fazenda, entre as vacas, comendo capim, como se fosse uma delas, enquanto Fihinha desfilava, garbosa, montada num cavalo negro, levando as reses - e com elas Maria das Graças - para um curral apertado, onde seriam marcadas. Acordou sobressaltada quando sentiu a dor do ferro em brasa em suas costas gravando as letras MS, iniciais, sem dúvida, de Maria Sapeca, o apelido que tanto odiava. O sorriso matreiro no rosto de Fihinha, na manhã seguinte, fez Maria das Graças sentir um arrepio - medo e raiva misturados -, certa de que a meia-irmã estava a par de seu sonho.

 Medo propriamente dito Selena não tinha de Fihinha. Era só raiva mesmo, raiva que resvalava para o terreno do ódio, não deixando lugar para nenhum sentimento de irmandade que pudesse existir entre as duas. Fihinha, por sua vez, retribuía à ojeriza da irmã com o simples desprezo de quem comanda o espetáculo, passando por ela com sua elegância impecável, pisoteando seu orgulho como um cavalo marcando os passos para iniciar o trote. Embora não tivesse medo, Selena passou a dosar suas fantasias, quando imaginava coisas ruins acontecendo com a meia-irmã, pois na maioria das vezes era ela quem se tornava vítima de seus pensamentos. Foi assim quando desejou que Fihinha contraísse pelada e suas tranças caíssem. Mas foi ela quem pegou a doença, que lhe deixou um buraco no topo da cabeça, uma alopecia igual à de padre franciscano. Foram dois anos de tratamento e de humilhação; até nas festas tinha de ir com um pano na cabeça, como se fosse uma lavadeira da Rua do Capim, o lugar onde se concentravam os deserdados de Santo Antônio das Tabocas. O único médico de então nas redondezas, o Dr. Ernani, realmente não sabia o que fazer com tantas peladas que apareciam. Na maioria dos casos o remédio seria comida mesmo, algo além da dieta de arroz com feijão e, às vezes, nem isto era possível todos os dias. Não era o caso de Selena, que comia do bom e do melhor, carne ou frango todos os dias, legumes preparados com maestria por Sá Belarminda, rodelas de tomate, abóbora d'água ensopada ou refogada com alho e cebola, omeletes temperados com salsa e cebolinha, leite em abundância. E frutas que a fazenda produzia em todas as estações do ano. O Dr. Ernani estava seguro - apesar de não ter estudado quase nada depois que deixou a faculdade em São Paulo - que não era avitaminose a causa da falacrose de Selena. Receitou, porque tinha ouvido falar que dava certo, aplicações de iodo.

-Sempre depois do banho, todo dia sem exceção -, sentenciou o médico com o dedo em riste, como que para dar mais credibilidade à sua receita.

Seis meses de tratamento e neca. A desgraça da pelada só fazia aumentar de tamanho. O Dr. Ernani, que não podia dar o braço a torcer e confessar sua ignorância no assunto, inventou outra pomada, à base de ervas medicinais, e receitou sem perder a pose:

- Três vezes por dia, de manhã ao levantar, depois do banho e na hora de dormir. Uma camada bem fina assim... –

E mostrou, na ponta do dedo, a quantidade exata, sabendo de antemão que não ia dar certo.

E não deu mesmo. Os ofícios extras de Sá Belarminda foram requeridos. Para Selena foi um verdadeiro inferno: passou do limite do suportável ter de aturar, ao mesmo tempo, a maldita alergia que, para o mal dos pecados, desembocou numa fase aguda, a pelada que aumentava, o ritual de Sá Belarminda com seus ramos e orações incompreensíveis e o olhar de deboche da irmã. Como sempre acontecia, quando a crise alérgica era muito forte, Selena foi para a casa de Santo Antônio das Tabocas, onde o Dr. Ernani, que não entendia de pelada e de alergia muito menos, estava mais à mão.

Uma noite sonhou que estava fazendo as tranças de Fihinha com a mesma dedicação de Felícia. Acordou com febre, passou a mão na cabeça e notou que a pelada diminuíra de tamanho. Na noite seguinte teve o mesmo sonho e acordou sentindo os cabelos da irmã em suas mãos. Duas semanas depois, como que por milagre, a pelada desapareceu sem necessidade das pomadas do Dr. Ernani ou das rezas de Sá Belarminda.

A raiva e a inveja têm memória curta. Selena, depois de uma derrota no olho-com-olho, desejou com todas as suas forças que Fihinha pegasse bexiga e as marcas da doença permanecessem em seu rosto. Quando faleceu, já velha, Selena ainda tinha na face as cicatrizes deixadas pela varíola, conspurcando sua beleza nata. Mas a varíola parece que lhe ensinou, pelo menos, uma pequena lição: que tinha de ser tática, que era muito perigoso partir para a confrontação direta com alguém que possuía tanto poder. Autocensura, autopreservação ou seja lá o que tenha sido, Selena acabou aprendendo a controlar suas pragas, espantando da mente desejos radicais do tipo "que um raio caia em sua cabeça" ou "que a tuberculose consuma os seus pulmões". Uma pessoa mais realista teria desistido de vez, dar-se-ia por vencida, entregaria os pontos, daria a mão à palmatória, reconheceria sem mágoa a superioridade da outra - mecanismos cerebrais para justificar a derrota não faltam na cabeça de ninguém - , mas Selena, mesmo nos momentos em que esteve entre a vida e a morte, jamais admitiu em toda sua plenitude uma verdade tão evidente. Recusava-se a bater em retirada, como a raposa que achava as uvas verdes, mentindo para si mesma que não havia interesse em levar avante a disputa com a irmã. Tinha sim. E passava horas, antes de dormir, imaginando qual poderia ser o ponto fraco de Fihinha. Todo mundo tem o seu calcanhar de Aquiles, Fihinha possuiria o seu, certamente. Selena estava determinada a encontrá-lo e até imaginou, numa noite de insônia aguda, que estaria disposta a ficar sem seus lindos cabelos, deixando que a pelada os consumisse novamente, se o sacrifício servisse para lhe dar a força suficiente para vencer a irmã.

***

Minha mãe estava para morrer e eu precisava entrevistá-la pela última vez. Desloquei-me de São ·Paulo para Santo Antônio das Tabocas, numa viagem cansativa, dez horas sentado num ônibus desconfortável. Encontrei-a de cama, com a respiração difícil e uma tosse rouca, persistente. Era visível o cansaço de seus oitenta e um anos, sustentados por um coração que funcionava só a vinte por cento de sua capacidade, diziam os médicos. Sentei-me ao lado de seu leito e repeti a pergunta de sempre que se faz aos moribundos, enquanto ela acariciava minhas mãos:

- Como a senhora está se sentindo?

A Janela

Ela tentou responder-me com um sorriso, mas o que eu vi foi uma máscara de dor e morte. Seria uma maldade muito grande provocá-la, ressuscitar lembranças que pudessem ser desagradáveis. Mas era mais forte do que eu a vontade de perguntar, de saber, de indagar.

- Mãe, a senhora gostava de fazer as tranças de Fihinha?

Fiquei feliz, pois minha pergunta desfez a máscara da morte em seu rosto, dando lugar a um leve sorriso, como se a lembrança das tranças da irmã fosse um bálsamo para sua dor.

- Se eu gostava?! Ela tinha os cabelos macios, leves como uma pluma. Sabe, ela era morena, apesar de seus olhos claros, diziam que tinha olhos de vaga-lume, parecia mesmo que irradiavam luz. E os cabelos, negros, negros... Eu não sentia o tempo passar.

Lembrei-me de ter ouvido alguém dizer que morenas dos olhos claros costumam ser a própria encarnação do diabo. Mas guardei o comentário, pois ele seria uma punhalada no coração que já estava quase parando de cansaço. Felícia continuou falando, pausadamente, cada sílaba custando um enorme esforço.

- Por estas horas ela está no céu. Espero merecer encontrá-la junto ao Senhor. Jesus, Maria e José, nossa alma vossa é.

- Mãe, depois de tanto sacrifício, a senhora ainda duvida que mereça o céu?

- Sou uma pecadora, como todo mundo.

- Mas a senhora não tem dúvida de que a Fihinha está no céu.

- Fihinha era muito boa. Não venha com aquelas ideias atravessadas sobre minha irmã. Eu não quero, não permito, não admito! Respeite os mortos!

Sua respiração tornou-se ofegante. O bom senso me mandava bater em retirada, desistir da entrevista. Segurei suas mãos e tentei conciliar:

- O que é isso, mãe? Sou um grande admirador da Fihinha e só por isso que eu quero saber mais sobre a vida dela. Longe de mim ter a mínima intenção de desrespeitar sua memória.

- Acho bom.

- Ela a protegia das pirraças da Selena?

Minha mãe olhou-me com desconfiança, duvidava de minha sinceridade.

- Selena era uma boba. Não tinha por que ter ciúme da Fihinha. Deixe os mortos em paz, meu filho. Deixe os mortos em paz... Agora quero dormir, Deus lhe abençoe, meu filho. A alma de minha irmã está no céu, na glória do Senhor.

Minha mãe dormiu, alisando suavemente minhas mãos. Era inútil continuar o interrogatório, Fihinha, na cabeça de Felícia, era uma santa que só merecia veneração. O outro lado da moeda era Selena, que também estava morrendo, consumida pelo câncer. Decidi que deveria entrevistá-la novamente: era minha última esperança para descobrir o ponto fraco de Fihinha.

Encontrei-a numa situação ainda pior do que a de minha mãe. Além do coração inchado e do câncer que consumia seu seio direito, a alergia tinha desenvolvido uma bronquite crônica, enquanto o cérebro, pouco irrigado, perdia seus neurônios numa velocidade além do normal. A demência, de modo irreversível, tomava conta de Selena. Seria inútil prosseguir a entrevista que eu tinha iniciado há alguns anos: a Selena cheia de vida, competitiva, mordaz, pirracenta, simplesmente não existia mais. Na opinião do médico que a atendia, a morte viria em questão de dias. Mesmo assim, consciente de que seria inútil, sentei-me ao lado de sua cabeceira e iniciei a conversa:

- Oi, tia. Está lembrada de mim? Como a senhora está se sentindo?

Na sua demência, ela deu uma gargalhada entrecortada pela tosse e respondeu:

- Às mil maravilhas. Estou me sentindo ótima. Fizemos um olho-com-olho agora mesmo e eu ganhei. Ela também tem sua fraqueza e eu descobri. A danada da bruxinha!

- Mas a senhora só ganhou uma vez, por causa do reflexo de seu olhar nos óculos de minha avó. Não foi?

- Bobagem, menino, aquilo foi sorte. Ela tem seu ponto fraco e eu sei qual é. Posso ganhar sempre, sempre, sempre...

- E qual era o ponto fraco da Fihinha, tia?

A crise de tosse aumentou. Entre espasmos, Selena parecia estar perdendo a consciência. Corri por ajuda, desencadeando uma lufa-lufa pela casa; uma filha telefonando para o médico, outra indo dar-lhe o calmante receitado para os momentos de crise. Confesso que não era a vida de minha tia que mais me interessava naquele momento; o grande temor era que ela levasse para o túmulo um segredo que me atormentava há muitos anos. Custasse o que custasse, eu estava determinado a voltar à carga no dia seguinte: tinha porque tinha de prosseguir o interrogatório de minha tia. Pela manhã, o telefone tocou. Era Carmem, a filha mais velha de Selena, dando a notícia que já era esperada:

- Mamãe faleceu. Morreu dormindo. Não acordou esta manhã.

Depois de uma longa pausa, acrescentou:

- Deve ter tido um sonho feliz, morreu com um sorriso nos lábios.

Carmem não acrescentou um detalhe que eu apurei depois: além do sorriso, seus olhos brilhavam como os do jogador que acaba de derrotar o adversário e sua vista esquerda estava clara, sem nenhum traço da catarata que a atormentara quase a vida inteira.

***

7
O TESTAMENTO

Antes de morrer, Amadeu sussurrou nos ouvidos de Adelaide o seu último desejo:

- Não deixa eles destruir o Capim Alto. Ocê ...

E fechou os olhos num lapso de memória, sem terminar a frase iniciada, que ele julgava tão importante para satisfazer sua derradeira vontade. Morreu no dia seguinte.

***

Pouco tempo depois de reiniciada a jogatina na sala da casa de Santo Antônio das Tabocas, Francisquinho chamou Amadeu a um canto e lhe disse que o Geraldo Agiota estava com um monte de papagaios vencidos da trinca Tião-Zé Trindade-Pedroca,

- É uma dinheirama que só com a venda de Capim Alto dá pra pagar.

Amadeu ouviu calado, quase apático, porque não era homem de despejar para fora a dor que o corroia por dentro. No outro dia, bem cedo, foi ter-se com Flúvio, que já estava no curral administrando a ordenha das vacas.

- Meu fio, nóis temo de salvar Capim Alto.

Embora adolescente, Flúvio sabia das dificuldades financeiras da família devido à jogatina dos irmãos. Mesmo assim, ficou chocado com a afirmação do pai, seca, sem rodeios, sem meias palavras.

- Não, pai, o Capim Alto vai ficar com a gente, eu prometo!

- Então, fio, vamo trabalhar duro e pagar as dívidas. Tô pra morrer a qualquer momento, mas vou deixar tudo escrito. Ocê trabalha, resgata a dívida e a fazenda fica procê. O sítio, perto da cidade, vai ficar com as meninas, pois as pobrezinhas não têm culpa das estripulias dos irmãos.

No mesmo dia foi procurar o Geraldo Agiota e acertou com ele o pagamento dos papagaios em prestações mensais de vinte contos, dinheiro que consumia mais de noventa por cento da renda de Capim Alto. No cartório de seu amigo Zé Donato deixou registrada sua promessa a Flúvio. Capim Alto estava automaticamente transferida para seu nome no dia em que pagasse a última prestação a Geraldo Agiota. No outro documento - este também assinado pelo agiota Geraldo Nepomuceno Paranhos - , o compromisso do acerto (as prestações deveriam ser pagas mensalmente, tolerando-se um atraso máximo de três meses, desde que fossem pagas juntas as duas anteriores com juros dobrados) e a advertência ao agiota de que não estava autorizado a receber nenhuma nova promissória da "trinca da jogatina", tendo como garantia a fazenda de Capim Alto. Na noite do dia seguinte, Amadeu fechou os olhos para sempre, sem ter tido tempo de contar os detalhes do acerto para Flúvio e para Adelaide. Outra complicação viria na semana seguinte: Zé Donato sofreu um derrame e ficou paralisado e sem fala, até morrer cinco anos depois. O cartório foi assumido por sua filha, Doroteia, e a cláusula da transferência de Capim Alto permaneceu perdida na página 103 do 6º Livro de Registro de Propriedades de Santo Antônio das Tabocas e o acerto com Geraldo perdido numa pasta com o vago título de "registros avulsos-IH", pag.15. Geraldo Agiota assumiu, com a morte de Amadeu, que o acordo estava desfeito e já preparava o bote para receber em pagamento as terras férteis de Capim Alto. Esperou os três meses e como nenhuma prestação foi paga, pois Flúvio não sabia dos detalhes, marcou um encontro com os três devedores e propôs.

- Oia, gente, pagá ocês não vão pagá mesmo, que é muito dinheiro. O que ocês têm de fazer é convencer a dona Adelaide a vender o Capim Alto. Fica tudo acertado: eu compro, desconto os papagaios e ainda sobra dinheiro para distribuir pra todo mundo.

***

Tião, Pedroca e Zé Trindade estavam sorridentes quando chegaram à casa de dona Adelaide, pouco depois do almoço. A convocação para o encontro, depois do primeiro arranca-rabo, parecia um sinal de que a velha estava cedendo, que não tinha encontrado alternativa senão a venda da fazenda. Dona Adelaide veio arrastando suas chinelas, secou o sorriso da trinca com um olhar de poucos amigos e foi logo dizendo:

- Está decidido, a partir de hoje, o Capim Alto é só do Flúvio.

Foi como se o mundo viesse abaixo na cabeça dos três. Ficaram petrificados, de boca aberta. O primeiro que recuperou a fala e os movimentos foi o Tião.

- Mãe, isto não é possível! Como é que um fazendão deste tamanho pode ficar nas mãos de um pirralho que nem barba tem?

- O pirralho, seu fedaputa, trabaia como um boi pra pagar as dívidas que ocês fizeram jogando. A fazenda é dele e eu não decidi sozinha não, viu? O Amadeu deixou tudo escrito antes de morrer. O sítio fica com as meninas. Ocês já gastaram tudo a que tinham direito!

Zé Trindade deu um pulo da cadeira e saiu porta afora gritando:

- Isto não fica assim!

Pedroca o acompanhou em silêncio, de cabeça baixa, enquanto Tião tentou ainda argumentar:

- Somos seus filhos e temos direito a um pedaço da fazenda. O juiz não vai deixar ...

A Janela

***

Fihinha sempre procurou ser objetiva em suas andanças pelos sonhos alheios, principalmente quando o sonho era de dona Adelaide a quem, quase sempre, tinha algo importante a dizer. Entretanto, não se sabe por que cargas d'água, os mortos, estejam lá onde estiverem, parecem ter uma dificuldade enorme de comunicação com os vivos, como se falassem outra língua ou, talvez pior ainda, houvesse alguma interferência de onda baratinando os canais de comunicação na passagem de uma dimensão a outra. Seja como for, dada a sequência da aparição de Fihinha, noite após noite em seus sonhos, Adelaide estava segura de que havia uma mensagem das mais importantes. Da primeira vez, a filha tomou-a pelo braço e voou com ela ou, melhor diríamos, as duas flutuaram até o topo do Morro da Coruja, de onde se descortinava uma ampla vista, abrangendo Santo Antônio das Tabocas, Capim Alto e mais umas dez fazendas ao redor. De repente, Capim Alto sumiu, virou um branco opaco no lugar do verde dos roçados e pastos. No segundo sonho, Fihinha estava na janela maldita, tentando balbuciar na linguagem dos vivos algo assim: "Vem, mãezinha, escuta o que eu vou lhe contar". Adelaide correu ao seu encontro, mas não encontrou mais nada: Fihinha, a janela e todo o casarão desapareceram como se tragados por um buraco negro. Estava mais do que evidente que a mensagem de Fihinha era sobre Capim Alto. Mas até aí não havia nada de novo para Adelaide, consciente que estava do perigo de perda total da fazenda.

Mais objetivo do que Geraldo Agiota ninguém poderia ser, quando lhe mandou recado através do Francisquinho. Pessoalmente ele não tinha coragem, pois não era homem de levar chicotadas e ele sabia que o risco era muito grande. O próprio Francisquinho ficou rodeando toco, generalizando as dificuldades por que passavam os fazendeiros da região, chorando suas vacas magras. Não estava confortável na cadeira, esfregava as mãos mais do que de costume e eram visíveis as gotas de suor em sua careca. O comunicado era grave, Adelaide sabia muito bem. Francisquinho, jogador tarimbado, capaz de manter a calma e o sorriso cínico com quatro azes na mão, estava tremendo, remexendo os miolos para encontrar a maneira mais diplomática de falar o que tinha de dizer.

Adelaide deu um grito:

- Francisquinho, deixa de ser fedaputa e desembucha.

No susto do grito, Francisquinho falou:

- É um recado do Geraldo que eu vim trazer. Amanhã ele leva as promissórias para o cartório e vai exigir Capim Alto como pagamento.

Ele se encolheu na cadeira já esperando um "fedaputa" amplificado, mas surpreendeu-se com a atitude serena de Adelaide.

- Ocê já deu o recado, agora vamos falá de outras coisas mais interessantes. Pro fedaputa do Agiota ainda não tenho resposta. Mas amanhã tenho. Hoje à noite ela me diz o que tenho de fazer... Berlarminda, traga um café amargo pra ver se o Francisco para a tremedeira.

É possível que Fihinha tenha entendido a resposta de Adelaide a Francisquinho como um ultimato. De modo que, no sonho daquela noite quis ser mais clara do que das vezes anteriores. Primeiro deu um passeio com a mãe pelo pomar de Capim Alto, bebeu na palma em concha a água límpida do rego do engenho e, de mãos dadas com Adelaide, retornou ao casarão, que agora estava construído com cartas de baralho. Fihinha chegou perto da janela maldita, transformada num valete de paus, e soprou forte como se fosse o lobo mau diante da casa dos três porquinhos. O casarão desabou, as cartas foram levadas por uma ventania disparada pelo sopro de Fihinha. Ruiu tudo, menos a velha cômoda do quarto de Adelaide, móvel que tinha sido levado para a casa de Santo Antônio das Tabocas. Adelaide acordou, mas parecia ainda sentir as mãos de Fihinha. Não perdeu tempo. Trouxe da sala o lampião e começou a revistar a cômoda, gaveta por gaveta. Não demorou muito e encontrou o que procurava, um pedaço de papel, um lembrete com a letra clara e bem trabalhada de Zé Donato:

A Janela

"Concernente a Capim Alto - Livro 6°, página 103;   Registros Avulsos-IH, página 15".

O resto foi fácil. Do Cartório, depois de ouvir de Doroteia a leitura dos dois acordos, Adelaide foi direto à casa de Geraldo Agiota resmungando "fedaputa" para todo mundo ouvir. Bateu na porta com força e continuou batendo até que veio atendê-la a empregada - a Ernestina.

- A senhora deseja arguma coisa?
- Quero falá com o fedaputa do seu patrão. Cadê ele?

Se Ernestina não fosse preta haveria de se ter notado o rubor em sua face, quando respondeu com a mentira mais deslavada.

- Seu Geraldo não tá, não senhora. Saiu cedinho e não voltô.

Adelaide nem se deu ao trabalho de responder a Ernestina. Gritou para dentro de casa:

- Agiota sem-vergonha, vem aqui pra gente acertá as contas.

A resposta foi o mais completo silêncio, a não ser o ruído dos pés de Geraldo atingindo o solo depois de ter saltado da janela de seu quarto. Fugiu com a certeza de que Adelaide tinha se inteirado do acordo com Amadeu, mas confiante de que ia ganhar a parada. Os três meses de prazo haviam passado e Capim Alto era sua. O melhor era desaparecer por uns tempos, passar pelo menos umas duas semanas em Belo Horizonte, enquanto o processo corresse na Justiça. Foi só quando estava sentado no trem, depois de cinco sofridas horas a cavalo até a estação mais próxima de Santo Antônio das Tabocas, na beira do Rio São Francisco, que Geraldo deu-se conta do tremendo erro de cálculo que fizera. O maldito ano era bissexto, um 29 de fevereiro que fazia toda a diferença, um dia a mais, aquele dia em que Flúvio retirou do banco as economias que fizera para saldar as três prestações na presença de Doroteia e mais três testemunhas. Capim Alto estava salvo. Tião foi conversar com o juiz, chorar as mágoas do filho renegado. Foi, entretanto, dissuadido na hora:

- Não tem jeito, não... Está tudo de papel passado. Não posso fazer nada!

8
AÍ PELO MUNDO

Nos diálogos com seus botões, pois havia coisas que brancos não podiam ouvir, Sá Belarminda dizia que ele era louco perigoso e devia estar no hospício, metido numa camisa de força. No meio da família e adjacências, a conversa era mais amena: era cheio de manias, truculento, às vezes, mas não era doido furioso, de sair agredindo a Deus e todo mundo sem motivo. Para os admiradores, era um caso típico de inteligência demais para uma cachola só, estava sempre atacado de *"brain storms"* que irrompiam na forma de extravagâncias que as pessoas normais, escravizadas na rotina do dia-a-dia, medrosas de fazer muitas indagações, não podiam entender. Os inimigos, alguns deles carregando a vergonha de bofetadas na cara, não lhe concediam nem o atenuante da loucura: era um patife maleducado, desrespeitador de todas as normas civilizadas, um delinquente, que deveria estar na cadeia.

Em toda a redondeza, para não dizer no mundo inteiro, não podia haver dois irmãos tão diferentes como Amadeu Trindade e o caçula da prole de cinco, Juca Trindade, um metro e noventa, músculos rígidos e bem distribuídos, quase sempre metido num terno com colete e gravata borboleta, cavanhaque bem aparado e bigode grosso. Se Amadeu tinha sangue de barata, como Adelaide lhe dizia, às vezes com ternura, às vezes com raiva, Juca tinha na certa era sangue de cascavel - estava sempre pronto a dar o bote em quem, mesmo de leve, pisasse em seu calo. Amadeu, não mais do que um metro e setenta e cinco, peito de pombo, falava baixo como que se desculpando por estar importunando os tímpanos do interlocutor; as palavras saíam mansas, espaçadas, sem agudos, bambas. Juca mais gritava do que falava, fosse com quem fosse, e era rápido na dicção, atropelando as palavras, se necessário fosse, para não dar nenhuma chance de ser interrompido. Passar despercebido, andando de cabeça baixa pelas ruas no estilo do irmão mais velho, não era do feitio de Juca Trindade. Pisava duro com suas botas 45 e até levantava poeira por onde passava e repassava. Repassava mesmo, era dado a manobras, parava, dava meia volta - quando não, sem a mínima cerimônia, andava pra trás e, na freada da marcha a ré, como se fosse a Sá Belarminda, conversava com seus botões, só que alto, com palavras articuladas, parecendo um ator representando dois personagens ao mesmo tempo. Ai de quem criticasse ou ensaiasse um risinho de deboche de seu diálogo consigo mesmo: na melhor das hipóteses era xingado de tudo que era nome, pois o mais certo era levar um sopapo e ter de voltar de olho inchado para casa.

- Juca, ocê não pode tratar as pessoas deste jeito.
- Vá pentear macaco, irmão moleza, - respondia Juca, toda vez que Amadeu fazia-lhe uma reprimenda tão tímida, que quase não se ouvia o final da frase.

Em todo Santo Antônio das Tabocas só havia uma pessoa capaz de falar de igual para igual com Juca Trindade, sem baixar o facho, respondendo grito com grito, estrilo com estrilo. E essa pessoa era dona Adelaide. Arranca-rabo entre os dois houve muitos, Juca se contendo para não partir para a via dos fatos em cima da cunhada.

- Se eu fosse meu irmão, eu dava jeito nesta mulher.
- Borra bosta, vem procê vê, - respondia Adelaide, já de chicote em punho.

***

A Janela

Como meio de vida, Juca Trindade vendia bilhetes de loteria em Santo Antônio das Tabocas e nos vilarejos vizinhos. Em seu cartão de visita, impresso em Belo Horizonte, estava escrito como local de residência: AÍ PELO MUNDO

E era mesmo. Não tinha lugar fixo para dormir. Num compartimento da pasta, onde guardava os bilhetes de loteria, levava escova de dente, três tubos de dentifrício, um pacote de, no mínimo, dez sabonetes, duas cuecas, uma camisa, um par de meias e uma toalha de rosto. As demais roupas estavam espalhadas nas casas onde pousava com mais frequência em Santo Antônio das Tabocas e nas fazendas e arraiais vizinhos. Não tinha cavalo próprio.

- Por que não, Juca?

- Não tenho cavalo nem bicho nenhum. Bicho dá quase tanto trabalho quanto gente, come mais e ainda caga por tudo que é lado.

Enfrentava, pois, tudo que era caminho a pé, mas não recusava quando alguém lhe oferecia carona e lá ia ele vendendo a sorte, ora na garupa de um alazão, ora no conforto das charretes dos donos de fazenda, ou, simplesmente sentado, com os pés roçando o chão, na traseira de um carro de boi gemendo estrada afora. Sua pousada de preferência, em Santo Antônio das Tabocas, era na casa do tabelião Zé Donato, casado com sua irmã Francisca, mulher sistemática como o irmão e que também não gostava muito de Adelaide, tendo especial ojeriza pela jogatina na fazenda do Capim Alto.

- Se nem o finado Aristides deu conta dela, quanto mais o molenga do meu irmão. Credo, muié que joga e fuma!

A contragosto, quando as circunstâncias exigiam, Juca também se hospedava na casa de Amadeu e, não muito raro, no casarão de Capim Alto. Quando isso acontecia, uma das manias de Juca era andar pelos pastos e plantações altas horas da noite; parava de quando em quando para conversar com as árvores, foi inclusive visto em longos papos com a gameleira, sem ligar para o Condenado que fazia dueto com a coruja. Não tinha medo de assombração, batia no peito dizendo que entrava no cemitério a qualquer hora da noite e convidava, para uma conversa, as almas penadas que por acaso estivessem precisando desabafar a dor eterna que carregavam.

- Este Condenado da Gameleira é um cagarolas. Já lhe chamei para uma conversa e ele nunca vem.

Ao ouvi-lo dizer isso, Felícia correu para o quarto, plantou-se de joelhos e começou a debulhar seu rosário. Juca, que não era de respeitar privacidades, entreabriu a porta e gritou:

- Pare com isso, menina. Você não está com calo no dedo de tanto debulhar este rosário? Deste jeito, nem o papa!

Nas noites de jogo, antes de sua caminhada noturna pelos pastos e suas discussões filosóficas com as árvores, Juca passava pela sala, trovejava um "boa-noite" pra todo mundo e, já na porta, berrava uma provocação endereçada a Adelaide:

- Truque é jogo de mulher. Quando vocês quiserem jogar jogo de macho - pôquer ou sete e meio - podem me chamar!

E saía a passos largos, sem ligar para a resposta da cunhada, que também utilizava toda a potência de suas cordas vocais:

- Vá lamber sabão, manobreiro fedaputa!

***

Lamber sabão, Juca Trindade não lambia, mas gastava uma barra inteira de sabonete cada uma das cinco ou seis vezes que lavava as mãos todos os dias. Era um ritual que, para ser bem-executado, necessitava da assistência de outra pessoa. Em Capim Alto era Sá Belarminda quem executava a tarefa, quase sempre resmungando. Vez por outra, Juca pedia a assistência de uma das sobrinhas; Felícia era a que se sentia menos à vontade, tremendo como vara verde, deixando derramar quase toda a água do jarro antes de despejá-la nas mãos do tio maluco. Na casa de Zé Donato, a assistente preferida era Rosa, a segunda filha, admiradora incondicional do tio e de quem recebia presentes e mais presentes. Não tremia como a Felícia e até gostava de passar uma boa meia hora retirando com um jarro a água de um tambor de reserva para ir despejando sobre as mãos de

A Janela

Juca Trindade, enquanto o sabão ia sendo consumido. Era uma operação que não podia ser interrompida. Jamais, pelo que se tem notícia, Juca suspendeu a lavagem das mãos antes de terminar o sabonete. Nem da vez em que a pobre Rosa chorava de mansinho no vai e vem com o jarro, pois estava atrasada para a escola e havia prova de Português. Dona Amélia, a professora, não aceitava desculpas, Rosa ia levar um zero redondo e muito provavelmente uma ou duas palmatórias. Juca tentou ensaboar as mãos mais depressa, entretanto o desgraçado do sabão tinha seu tempo de dissolver.

- Desculpe Rosinha, desculpe. Mas eu não posso parar.

- É a prova, tio ... hoje eu tenho prova.

- Eu sei, eu sei, mas não posso parar.

Juca conseguiu dissolver o maldito sabão em dezoito minutos, mas, mesmo assim, Rosa chegou atrasada, teve seu zero no boletim e ouviu um sermão de dona Amélia. Livrou-se, felizmente, da palmatória, porque a professora tinha vontade era de castigar o tio irresponsável e maluco.

À tarde, quando Rosa voltou da escola, Juca presenteou-a com um vestido de fustão vermelho que já tinha comprado há algum tempo em Belo Horizonte. Estava, justamente, à espera de um momento oportuno para fazer a entrega, pois presente, em sua opinião, era a melhor maneira de consolar alguém que perdera alguma coisa importante. Chorou ao abraçar a sobrinha, enquanto lhe entregava o vestido e dizia ao ouvido:

- Não ligue, não. A dona Amélia é uma jararaca que, num concurso de beleza, ia levar um zero mais redondo do que o seu. Um zero mais redondo do que a cadela ... perdão, quero dizer, que a cara dela.

***

Nos seus exageros, Juca não economizava emoção quando era enfeitiçado por uma mulher, mesmo quando sua paixão endereçava-se a uma puta da zona, como aconteceu com a Conceição, mulatinha dengosa que já tinha partido outros corações.

Quando a viu pela primeira vez, dançando lundu, não se conteve, caiu de joelhos aos seus pés no cabaré da Pudina e gritou possesso:

- Bela, bela, bela... Sou seu escravo para o resto da vida!

Mas foi a coitada da Conceição que se tornou escrava do amante impetuoso. Proibida ficou de voltar ao cabaré, submetida à prisão domiciliar. Ai de quem se aventurasse a tomar liberdades com ela.

- Conceição agora é minha mulher. Mato quem se meter a engraçadinho!

Juca Trindade armou um tremendo escarcéu no dia em que, chegando à casa da amante, não mais a encontrou. Conceição aproveitou-se de uma das sumidas do amante para arrumar as trouxas e, de madrugada, em silêncio, caminhar um dia inteiro até a estação ferroviária que se encontrava a trinta quilômetros. Em Belo Horizonte tratou de viajar para outra cidade bem longe, lá nos cafundós de Minas Gerais - mais um pouco, estaria na Bahia. A putaria, pulando de freguês em freguês, parecia-lhe muito menos perigosa do que a sujeição aos caprichos de Juca Trindade, que curtiu três dias de dor de cotovelo até que seus olhos foram atraídos por quem seria a maior paixão de sua vida.

9
SEDE NOVA

Eu já tinha desistido de descobrir o grande segredo de Fihinha, seu ponto fraco, seu calcanhar de Aquiles. Tia Selena, morta, não poderia revelar-me nunca mais o que havia descoberto e que a deixou tão segura de que poderia ter sempre superado a irmã. Já não sobrava mais ninguém para me informar de primeira mão. O número de prédios novos que iam surgindo em Santo Antônio das Tabocas era o sinal mais evidente de que a morte estava ceifando as últimas pessoas da geração que mantivera contato direto com Fihinha. A regra se generalizava: quando falecia o patriarca ou matriarca, as casas eram derrubadas para dar lugar a vivendas mais modernas. A casa de Amadeu e Adelaide era das poucas que resistiam de pé à avalanche reformadora. A caçula da família, Alzira, nos seus oitenta e tantos, continuava dizendo "não" às propostas de compradores e à pressão dos filhos que queriam porque queriam construir ali uma casa moderna.

- Não, não, só depois que eu morrer. Não insistam.

Melhor para os morcegos, que tinham ninhos entre o teto e o forro de palhinha. Ouvia-se mesmo, durante a noite, um ruído esquisito e os hóspedes que não estavam acostumados assustavam-se com a correria de, não se sabia o quê, sobre o teto, misturando-se com o brandir das asas dos morcegos. Soube-se, depois, que era um gambá que fizera sua morada bem em cima da sala de jogo de Dona Adelaide. O diabo do bicho aguentou reformas e mais reformas e só sucumbiu quando o teto de palhinha foi substituído por outro de madeira. Três anos depois da morte de Alzira, a casa foi demolida. Ergueu-se, em seu lugar, um edifício de cinco andares, exibindo no térreo lojas e butiques e nos andares de cima quartos naquilo que se transformou no Hotel das Tabocas, o mais moderno da cidade, o único com letreiro luminoso, cintilando no topo de meu "Empire State". A cidade que ia surgindo estava, definitivamente, divorciada da imagem de Fihinha.

***

Mesmo antes da desfiguração total de Santo Antônio das Tabocas, com seus edifícios e ruas asfaltadas, minha pesquisa estava se tornando cada vez mais difícil. Sobravam apenas, aqui e ali, alguns velhos dementes, incapazes de acrescentar uma vírgula ao que eu tinha acumulado com a série de entrevistas com a parentela inteira. De tia Alzira só ouvi a repetição do que as outras tinham me dito; a maioria do que contou era de segunda mão; ela era muito jovem - tinha menos de sete anos, quando a tragédia aconteceu. Não presenciou a cena, estava na casa da cidade, embora, talvez pela força de tanto ouvir a Felícia dizer, estivesse convicta de que Fihinha fora uma santa. Tia Alzira, também, era contra o perdão, queria o assassino pagando o crime nas profundas do inferno.

- Na churrasqueira de Satanás, tia?
- Com pimenta no cu.

Alzira, diferente de Felícia, herdara de dona Adelaide a arte do palavrão.

Não havia praticamente mais ninguém para entrevistar. A memória de Fihinha esvanecia-se no vendaval das transformações. Talvez sejam as casas que mantêm a memória de seus moradores gravada em suas paredes. Derrubar casas seria como destruir o passado que elas encerram. Uma queima de arquivos. O casarão de Santo Antônio das Tabocas acabou não resistindo ao ímpeto de substituição do velho pelo novo. Não esperaram Tio Flúvio morrer para que os filhos demolissem a sede da fazenda. Cinco anos depois da morte de sua primeira mulher, dona Celeste, meu tio casou-se com uma jovem de 46 anos. Jovem, sim, pois vivemos num mundo de relatividades e Flúvio, quando subiu ao altar pela segunda vez, estava vergado em seus 78 anos.

Exigência da nova mulher:

- Neste casarão feio eu não moro. Quero casa bonita, geladeira, fogão de gás e televisão colorida.

A demolição foi completa; aproveitou-se somente o terreno e parte do alicerce. O salão de truque foi ampliado, tomando o espaço da varanda, que se estendeu para fora. As duas janelas de madeira, com suas tramelas obsoletas - a maldita e a outra - foram substituídas por um janelão corrediço de vidro. Os quartos foram redimensionados: ao invés de oito pequenos, apenas seis, mais amplos; dois deles - o de Flúvio e outro para hóspedes - transformados em suítes com banheiro e vaso sanitário. Talvez não exista nada como uma privada para atestar o grau de modernidade de uma fazenda no interior de Minas Gerais; privada com descarga, a água fresquinha, encanada, depois de sugada da velha cisterna remodelada por obra e graça de um motor diesel, a bosta correndo por uma tubulação até uma enorme vala a mais de dois quilômetros de distância para que a catinga não incomodasse os habitantes do casarão. Nada mais do arrastar de penicos, um debaixo de cada cama e, de manhã, a tarefa ingrata, quase sempre a cargo de Sá Belarminda, de esvaziá-los (sorte quando havia só mijo) no buraco da privada construída do lado de fora, entre o casarão e o pomar. Ao invés do vaso sanitário, o que havia era um quadrado cimentado, o orifício no meio por onde se faziam as necessidades, de cócoras, diretamente na fossa. Quando estava quase cheia, a merda transbordando, a solução era construir uma nova e aterrar a velha. Uma privada só, para tanta gente, não era suficiente; a maioria dos empregados cagava ao ar livre, num matagal no fundo do pomar e que foi apelidado por Juca Trindade de O Bosque do Cu de Fora. Em dias de caganeira generalizada muita gente do casarão não tinha alternativa senão correr para o Bosque. Amadeu, pensando na privacidade, mandou construir um cercado inteiramente reservado às mulheres, delimitando uma área para cada usuária. Pelo menos, uma vez por ano, todos os territórios ficavam literalmente ocupados; era o dia de tomar lombrigueiro e purgante, óleo de rícino que fazia todo mundo colocar abaixo até as tripas. Fihinha era a única que não tomava, apenas fingia; era imune às lombrigas, talvez porque não comesse carne de porco - menu quase diário em Capim Alto -, preferindo as frutas frescas do pomar. Mas nem por isso, de vez em quando, preferia o matagal à privada construída sobre um fosso pelo simples prazer de defecar ao ar livre. Havia outros matagais, sem cercados, democraticamente abertos a todos os gêneros, circundando os casebres dos agregados. Privada com fossa era coisa de rico, além de ser perigoso, pois, se a tampa cedesse (e, às vezes era de madeira que apodrecia), o cagão ou a cagona despencaria direto dentro da merda.

À noite, quando o condenado da gameleira fazia dueto com a coruja, somente Amadeu, Adelaide, Sá Belarminda e Fihinha tinham coragem de usar a privada com a ajuda de uma lamparina ou uma vela. O vento, às vezes, apagava a chama, provocando um vendaval de palavrões de Adelaide. Felícia sempre acordava e rezava uma jaculatória, pedindo que Santo Antônio intercedesse junto a Nosso Senhor Jesus Cristo, a fim de perdoar os impropérios da mãe:

- Trem excomungado, lamparina de bosta, nem cagar a gente pode mais!

Fihinha era a única capaz da proeza de sair de lamparina em punho, mesmo nas noites de ventania, sem que a chama se apagasse. Sá Belarminda tremia nos alicerces quando via aquilo, certa de que a menina de tranças era muito mais poderosa do que ela. Já tinha empregado todas as rezas e benzeduras conhecidas, mas a diaba da lamparina apagava a qualquer golpe de aragem. Sá Belarminda não gritava com a goela solta como a patroa, apenas resmungava submissa e ia cagar no escuro.

As irmãs de Fihinha, especialmente a Felícia, preferiam segurar o intestino e padeciam, por isso, de cólicas e prisões de ventre. Afinal, o penico era só mesmo para urinar - se não fosse assim, ninguém iria aguentar o fedor que se espalharia pela casa todas as manhãs. Todo mundo no casarão recordava-se da noite da caganeira, que empestou os quartos por mais de uma semana. Foi uma borrada só por causa de um mingau de milho verde estragado. A privada e os penicos passaram toda a noite ocupados; Maria das Graças não aguentou e cagou na cama; Felícia quase morreu desidratada no dia seguinte.

Quando foi inaugurada a nova sede de Capim Alto, também não era mais possível ouvir os gemidos do condenado, pois sua morada, a frondosa gameleira, fora derrubada para permitir a passagem de uma estrada nova. As matas que circundavam a fazenda, tão apreciadas pela coruja que fazia dueto com o fratricida, foram substituídas por plantações de eucaliptos para alimentar carvoeiras, brotando como cogumelos em tronco apodrecido. Empestava-se o ar, infernizando a vida de pássaros e, quem sabe, até de almas do outro mundo. Dizia-se que foi a contragosto, e até mesmo com certa dor de consciência, que Flúvio submeteu-se à nova mulher e mandou destruir a sede de Capim Alto. Mais do que Alzira, Flúvio tinha a memória de Fihinha bem gravada no fundo de sua mente; ele a vira morta ainda com o corpo pendido na janela, os olhos cinza arregalados. Tinha pouco mais de nove anos e a imagem cristalizou-se para sempre em seu espírito. Quando o entrevistei, pouco antes de sua morte, na sala ampliada do agora novo casarão de Capim Alto, ele quase chorou ao me dizer:

- Na véspera de morrer, aqui mesmo, ela me colocou no colo e falou: "Fluvinho, cuide bem de Capim Alto. Vai ficar tudo em suas mãos. A fazenda, a casa, não deixe que sejam destruídas."... Nunca a vi tão triste, ela sabia que a desditosa estava à espreita.

Aticei sua dor de consciência:

- Tio, por que o senhor destruiu o antigo casarão e construiu este novo? O senhor acha que Fihinha ia aprovar?

Minha provocação não surtiu o efeito esperado. Tio Flúvio olhou-me firme e respondeu-me na maior calma do mundo:

- Ia não. Ela aprovou.

- Como assim?

- Todo mundo acha que foi por pressão da Matilde que reconstruí a sede de Capim Alto. Pois não foi, não. Foi Fihinha quem deu a autorização.

- É, foi? Como?

- Num sonho. Eu me vi ainda menino sentado em seu colo e ela me dizia: "Fluvinho, tá na hora de derrubar este janelão azarento".

***

Inacreditável, Fihinha pedindo para derrubar o casarão da tragédia. Será que os mortos se cansam de ser memória? Seja lá o que for, o fato é que a nova Santo Antônio das Tabocas, exibindo seu progresso de fachada, pisoteando sua história, definitivamente não me agradava. Cheguei a pensar que estava na hora de colocar um ponto final na história de Fihinha, escrevendo no lugar do "fim" um frustrante ponto de interrogação. Fihinha cansara de ser lembrada? Interpretei que, ao mandar destruir a janela maldita, ela queria mergulhar no esquecimento. Foi, portanto, surpreendido e ao mesmo tempo alegre, que eu a vi surgir esfumaçada no meio de um sonho perguntando se não queria entrevistá-la.

- Claro que quero! - respondi, antes que o medo sufocasse a curiosidade.

Ela me tomou as mãos e disse com aquela ironia conhecida de ouvir contar:

- Venha!

Fui e gelei-me de medo quando ela me fez entrar no casarão de Capim Alto, passando pelo mesmo alpendre - que eu só conheci já velho - com os ladrilhos desgastados. Apesar da névoa - por que será que sempre há nevoeiro nos sonhos? - notei que o piso era novo, o casarão inteiro era novo, mas não o novo casarão, era o novo antigo, tínhamos dado marcha a ré nos relógios. Ao entrarmos na sala onde se jogava truque, o medo foi maior quando senti um cheiro de cigarro de palha, como se dona Adelaide acabasse de passar por ali.

A Janela

Creio mesmo ter ouvido um arrastar de chinelos de alguém se afastando pelo corredor que ia da sala, passando pelos quartos, até a cozinha. Fihinha debochou de meu pânico com seu sorriso zombeteiro e mandou-me sentar numa cadeira de palhinha, meu rosto iluminado pelo lampião de tela, estampando agora mais pavor do que curiosidade. A claridade era intensa e eu podia, agora, sem esforço, admirar todos os detalhes do rosto de Fihinha. Não desmentia a fama, era realmente a mais bela de todas as irmãs: os olhos muito vivos, apesar do cinza claro fantasmagórico, refletia uma luminosidade cegante, um laser concentrando a luz do lampião. Sua boca tinha a proporção certa, os lábios carnudos, sem exageros, e de um vermelho natural, de sangue, não de batom. As tranças, que chegavam à cintura, brilhavam à luz do lampião como se fossem de prata; senti no ar um perfume suave saindo de sua pele, odor de gente, natural. O nariz, um pouco arrebitado, era como o último toque naquela escultura de beleza, talhada em carne e osso. Não era retrato, não era imagem.

- Pode começar a perguntar, o que é que ocê quer saber?

Soltei um grito agudo e dei um salto da cama. Estava molhado de suor, apesar de estar batendo o queixo e tremendo de frio. Pior ainda, estava extremamente frustrado por não ter conseguido, de puro medo, fazer a entrevista mais importante de minha vida. Enquanto gritava, eu a vi desaparecer com um semblante de puro menosprezo, balançando o rosto em sinal de reprovação. Creio mesmo ter sentido o toque de sua trança em meu rosto, uma leve chicotada de reprimenda à minha covardia. Decidi que, se houvesse uma próxima vez, eu não fugiria da raia. Iria entrevistá-la, iria descobrir todos seus segredos e mistérios. Tive até a ideia, talvez maluca, de me deitar na noite seguinte com um gravador debaixo do travesseiro. Quem sabe eu não poderia registrar meu sonho? Gravar uma entrevista com Fihinha, sem intermediários!

Pois fui mesmo me deitar com as galinhas na noite seguinte: não eram ainda nem oito e meia. Antes que terminasse de fechar os olhos, Fihinha reapareceu, desta vez, possivelmente para aguçar ainda mais meu pavor, metida em sua camisola branca, exibindo o rombo no peito, vermelho púrpuro e um cheiro de sangue fresco no ar. Espantei-me, não apenas com a cena diante de meu olhos, mas porque, definitivamente, não havia tempo para que eu já estivesse dormindo. Fiz das tripas coração para espantar o assombro que se apossava de mim e perguntei com uma voz sumida, como a de meu avô:

- Mas isto é sonho?

Fihinha cravou sua vista em meus olhos, o sorriso zombeteiro estampado na face, e respondeu-me com outra pergunta:

- E tem importância?

Lembrei-me de meu tio Tião, convicto de que ela sempre tinha razão. E realmente tinha. Não era o momento de procurar o limite entre o sonho e a realidade; o importante é que eu tinha, diante de mim, a fonte de minhas indagações pronta a saciar toda minha sede de curiosidade. Por onde começar a entrevista? Saber primeiro de sua infância? Ir logo perguntando sobre seu ponto fraco? O tiro - como é que vira a morte chegar? Depois de tanto tempo ela já teria perdoado o louco que a matou por puro amor? Tentei fazer a primeira pergunta, mas fui traído pelas cordas vocais, que se recusaram a atender ao comando fraco de meu cérebro tomado pelo pânico. Fihinha aproximou-se, tocou meu rosto com suas mãos gélidas e disse, enquanto desaparecia, como que sugada pela janela da tragédia:

- Cagão!

10
MINHA FLOR

Houve muita merda no capítulo anterior, mas ainda não acabou, teremos mais bosta.

Sá Belarminda, que preferia o cercado nos dias de sol, só utilizando a privada quando chovia, foi a primeira quem viu Juca Trindade remexendo com um pauzinho a merda ressequida. Ficou intrigada quando ele levou a vara até o nariz e cheirou a amostra do excremento recolhida. Depois, com outra varinha, buscou uma nova amostra. Demorou nesta busca uma boa meia hora. Sá Belarminda já tinha acabado de fazer suas necessidades, mas preferiu ficar atrás da moita, esperando para ver qual era a intenção do maluco. Ela não entendia e era perfeitamente compreensível que não.

"Que diabo" - pensava – "um sujeito que gasta tanto sabão para lavar as mãos sair cheirando bosta dos outros".

Por fim, ao encontrar a amostra que procurava e cheirá-la várias vezes de olhos fechados, Juca Trindade recolheu um pedaço do tolete, embrulhou-o numa tira de papel celofane, meteu-o no bolso e abandonou o cercado assobiando.

Mais intrigada ficou Sá Belarminda na hora do almoço. Felícia, prestativa e humilde, já vinha com o jarro de água, mas foi barrada pelo tio.

— Hoje não precisa, garota. Tenho nas mãos a quinta essência de minha amada. Não vou lavá-la.

Juca serviu seu prato e comeu, segurando com as mãos a costeleta grelhada. Sá Belarminda tremeu nos alicerces ao perceber que a merda que o louco trazia no bolso era de Fihinha. Pensou quase alto, enquanto fazia o sinal da cruz:

"O esconjurado tá apaixonado pela esconjurada! Cruz credo, Deus nos livre e guarde!"

***

De fato, Juca Trindade também não escapou ao fascínio de Fihinha. No início não foi paixão; sentiu apenas a atração irresistível que a menina de tranças exerce sobre todo mundo. Juca ainda não tinha visto em Fihinha o desabrochar da mulher, até o dia em que seus olhos confrontaram-se com seu corpo nu da cintura para cima, exibindo dois seios rosados e duros. Os cabelos estavam soltos, Fihinha lavava-os, debruçada sobre uma bacia em seu quarto. A porta estava entreaberta, não se sabe se de propósito, pois gostar ela gostava de ser apreciada. Juca ali estancou sem conseguir mover, petrificado pela visão. Fihinha sentiu-se observada, mas não parou de lavar seus cabelos; ao contrário, demorou-se mais em alisá-los e, talvez como provocação extra, apalpou os seios e os lavou. Quando, já vestida, abriu a porta, Juca continuava de pé, pasmo. Só se moveu quando a própria Fihinha — o sarcasmo estampado na face — gritou sem a menor cerimônia:

— Ei, Juca, ocê viu assombração?

Ele deu um suspiro e respondeu:

— Não brinque, menina. Meu coração está estraçalhado por uma flecha de Cúpido. E você é a responsável!

Fihinha não respondeu. Retirou-se sorrindo, contente por ter sob seu domínio o louco que fazia suas irmãs tremerem de medo com a simples presença.

***

Na terceira noite Fihinha surgiu por trás, bateu com seus dedos em meu ombro e disse:

- Oi.

O susto foi tão grande, que quase acordei. Ela, entretanto, rápida, fechou a porta por onde eu queria escapar.

- Perguntar ocê não vai mesmo, com este medo todo. Fique aí sentado, quietinho, como se estivesse no cinema... Relaxe, cagão!

***

Juca Trindade entrou na cozinha metido num terno de linho branco, chapéu arredondado como o de Hopalong Cassidy e um ramo de flores na mão. Podiam ser cravos que, apesar do preto e branco, pareciam ser, também, rosas vermelhas e das mais belas. Ao fundo, a imagem fora de foco, mas se percebia o movimento da boca mascando fumo, estava Sá Belarminda, mexendo com uma colher de pau o tacho repleto de arroz doce. Com passos no puladinho de dezoito quadrinhos por segundo, Juca avançou em direção a Sá Belarminda que, em foco, mostrava uma profusão de rugas. Os dois estavam no mesmo plano, focalizados da cintura para cima, quando Juca falou, gesticulando. Escureceu tudo e apareceu a legenda:

"Cadê a Fihinha?"

"Cumé que vô sabê?"

"Feiticeira mal-educada."

Sá Belarminda, em primeiro plano, quase em close-up, respondeu com um sinal da cruz. *Corte*. Pela porta, sobrancelha serrada, chicote preso no cinto, cigarro de palha no canto da boca, veio chegando dona Adelaide, arrastando as chinelas. *Legenda:*

"Pra que estas flor, Juca?"

"É para a Fihinha."

"Pra minha Fihinha ocê não vai dar flor nenhuma, seu vagabundo sem-vergonha!"

"Jararaca!"

Corte. Felícia de joelhos, rezando. *Legenda:*

"Jesus sacramentado, no altar purificado, faz ele ir embora."

Corte.

Na cozinha, Sá Belarminda mexendo o tacho e mascando fumo, dona Adelaide e Juca Trindade discutindo com muitos gestos, saindo de suas bocas um amontoado de palavras sem tempo para as legendas. Ouvia-se, no lugar, um piano agitado. Entrou Amadeu com jeito de conciliador, uma espécie de Chevalier da Gigi antecipado. *Legenda:*

"Pra quê tanta gritaria?"

Plano médio dos brigões, falando ao mesmo tempo para Amadeu:

"Cala a boca, palerma".

"Sai daqui, vai pentear macaco".

Juca e Adelaide continuaram a arenga e Amadeu, talvez por não ser mesmo importante, saiu do campo de visão. Sá Belarminda foi até a janela, cuspiu fora a massa de fumo mascado, voltou para provar o arroz doce, fez uma careta como se estivesse azedo e continuou mexendo o tacho, alheia ao bate-boca que ia de "fedaputa" e "jararaca" para cima. A música aumentou de intensidade, Adelaide e Juca pulando e gesticulando em câmara rápida, uns oito quadros por segundo. *Corte. Cores.* Fihinha entrando pela porta como se fosse Helena de Tróia em cinemascope. Falou e a voz saiu sem precisar de legenda:

- Uai, Juca, o que é isso que ocê tem nas mãos?

Os olhos de Fihinha bateram no ramalhete de flores, que murcharam e caíram. Sá Belarminda soltou a colher de pau dentro do tacho e fez um sinal da cruz em câmara lenta. Juca saiu porta afora igual gato fugindo de ducha de água fria, enquanto Fihinha aproximava-se de dona Adelaide.

- Não ligue pra ele, mãezinha. É um bobo alegre.

***

Os sonhos com Fihinha se intensificaram, mas sem obedecer a nenhum padrão. Às vezes, podia passar três noites de sono profundo, sem que nada acontecesse. Não havia hora marcada. Ela aparecia a qualquer momento, sem aviso prévio, bastava eu cochilar um pouco, no banco do metrô, e lá estava ela, sentada ao meu lado. Assustava-me menos, mas ainda me confundia ao tentar fazer perguntas. Fihinha ia matando minha curiosidade por sua conta, ora projetando imagens, ora simplesmente narrando como se fosse Sherazaide e suas Mil e Uma Noites.

- O Juca saiu desembestado, roendo de raiva da pobre da Belarminda, pensando que fora ela quem murchou as flores. Minha mãe tirou o chicote da cintura e disse: "se ele se metê a engraçadinho com ocê, faço picadinho dele". Acalmei-a alisando seu coque, reafirmando que o Juca era um louco manso. Ele não desistiu, escreveu-me uma carta que eu encontrei no outro dia, debaixo de meu travesseiro.

"Minha Flor,

Você desabrochou em meu jardim e eclipsou todas as outras. As flores que lhe levei - destruídas e conspurcadas por obra daquela preta feiticeira - não podiam chegar aos pés de sua beleza. Peço perdão pelo palavreado raivoso que precisei despejar contra sua mãe. Perdão, perdão, minha flor, mas não posso permitir nenhum obstáculo entre você e eu. Dê-me um sinal, um sorriso, um aceno que seja, reafirmando a esperança de que um dia poderei embriagar-me no perfume de suas pétalas ...

Seu jardineiro, seu escravo,

Juca"

Respondi-lhe:

"Juca,

Eu não sou flor, nem você é jardineiro. Nunca serei sua, nem de ninguém. Pode tirar o cavalo da chuva e ir colher sua flor em outro jardim.

Fihinha."

"Florzinha

Você é minha, minha e minha. Meu amor por você é maior do que o mundo. Não há lugar nesta terra onde você possa esconder-se. Meu amor por você é mais profundo do que o mar, mais vasto do que todos os oceanos juntos. Entregue-se, minha Flor.

Juca."

_____

"Juca,
Vá plantar fava e colher cará.
Fihinha."

_____

"Florzinha,
Não deboche desta alma dilacerada de tanto amor. Você será minha, juro. E se não for minha não será mesmo de mais ninguém.
Seu jardineiro enamorado".

_____

Este último bilhete caiu nas mãos de dona Adelaide. Ela chicoteou o ar com fúria e foi ter-se com Amadeu, que provava tranquilo uma cachaça recém-saída do alambique. Esbravejou:

- Vá falar com o degenerado de seu irmão pra ele nunca mais botar os pés nesta casa. E tirar os olhos de minha Fihinha, porque as mãos o fedaputa não pôs e nunca porá!

11
AMOR E PERDIÇÃO

Não sei se é cisma, mas coisas estranhas estão acontecendo comigo. Sempre fui um fanático por horário, cinco minutos de atraso num encontro sempre foi, para mim, um desleixo imperdoável, para não dizer uma ofensa. Pois não é que outro dia, ao chegar quarenta minutos atrasado a um jantar em homenagem a um amigo aniversariante, nem sequer dei-me ao trabalho de arranjar uma desculpa esfarrapada qualquer. Até reclamei, armado de um cinismo que anda me atacando, desde que comecei a ter estes sonhos esquisitos com a Fihinha:

— Uai, vocês já começaram a comer?

Estas estranhas modificações de comportamento, entretanto, não são tudo. Apossou-se de mim uma vontade danada de destruir todas as entrevistas que tanto tempo me custaram — pareciam-me falsas, vazias de conteúdo. Numa de suas aparições, Fihinha me disse:

— Deixe de ficar dando ouvido a essa velharia.

**

A última vez que visitei tia Graça, já no caminho dos noventa, não tive a mínima vontade de submetê-la à sabatina a respeito de Fihinha. Ela estava sentada diante da televisão, o corpo magro como um palito, tremendo dos pés à cabeça e os olhos transmitindo uma desconfiança que a velhice parece acentuar. Não me agradou a parentela toda em volta - filhos, netos, genros, noras e não sei mais o quê dando palpite, querendo conduzir uma história que não era a deles.

- Conte, vó, a Fihinha era a única que não tinha medo de dormir no escuro? Ela dormia pelada mesmo?

Tia Graça secou a neta com um olhar de desprezo e voltou a se concentrar na novela da televisão, certamente uma reprise que via pela terceira ou quarta vez. Eu nem sequer dei-me ao trabalho de retirar do bolso meu pequeno gravador. Tia Graça estava em outro mundo - flutuando na doce ilusão das novelas -; não queria lembrar-se da irmã que, no fundo, só lhe despertava despeito. Mais do que isto, Fihinha parecia buzinar em meus ouvidos que não queria mais ser lembrada através de seus parentes, não queria intermediários que a transformassem num folclore de família. O zunzum da parentalha tornou-se insuportável, doía-me a cabeça, levantei-me bruscamente, disse seco "tchau, tia", enquanto voltava-me para os outros:

- Vão vocês todos à merda!

E fui embora, deixando-os atarantados, sem entender porque tanta grosseria de um sujeito como eu - que já tinha até sido xingado de ser o bonzinho da família. Mal tive tempo de ouvir o comentário trêmulo de tia Graça, levantando por um instante a vista da TV:

- Esta Fihinha é uma danada.

***

Fui a Santo Antônio das Tabocas sem saber exatamente para quê.

Na noite anterior, mal tinha pregado os olhos, recebera a ordem sem condicionais:

- Amanhã ocê vai a Santo Antônio das Tabocas.

Os mortos parecem não ter a mínima preocupação com os compromissos dos vivos. Estava no meio de uma reportagem sobre o envio de soldados nordestinos para compor as tropas da ONU em Angola - data marcada para a publicação no fim de semana - ; não poderia ir a Santo Antônio das Tabocas assim, sem mais nem menos.

A Janela

Mas fui, não me senti em condições de desobedecer a uma ordem de Fihinha. Tia Graça tinha razão, era mesmo uma danada que não admitia ser contrariada, queria todos a seus pés - e quem melhor para satisfazer todos os seus caprichos do que o filho da Felícia, sua escrava em vida? Talvez para me impressionar mais, ela apareceu naquela noite com a camisola ensanguentada no exato momento em que eu me deliciava no meio de um sonho erótico: eu, o único homem dentro de uma piscina, nadando entre seios e bumbuns de fora, uma delícia. Não tardou muito, a água coalhou-se de vermelho, como se todas as mulheres dentro da piscina menstruassem ao mesmo tempo, afogando-me naquele sangue pastoso, até que duas mãos frias seguraram as minhas e me puxaram dali. Eu ainda me sentia melado e pegajoso quando Fihinha deu a ordem e se retirou, fitando-me com seus olhos de aço, deixando-me banhado de suor na cama, embora o cheiro que invadia minhas narinas fosse do sangue em que quase me afogara.

Telefonei ao jornal:

- Estou com diarreia e febre. Não vou trabalhar hoje e, possivelmente, amanhã também não.

- Seu filho da puta, e a reportagem?

- Os dados estão no computador. Qualquer um pode escrevê-la, não foda!

- Irresponsável, filho da pu...

Desliguei o telefone para não ouvir o resto da esculhambação.

***

Assustou-se minha irmã ao me ver chegar numa quinta-feira qualquer, sem aviso prévio, em pleno meio-dia de canícula intensa, sol a pino.

- Ué, que é que ocê veio fazer?

- Nada não. Aproveitei uma carona do Rio para Belo Horizonte e decidi dar uma esticada até aqui. Como estão as coisas? Novidades?

- Tudo como sempre. Ah, ocê se lembra da Rosa Batista? Pois é, parece que ela é louca como ocê. Ela também tá escrevendo umas histórias malucas. Veio aqui conversar com a gente. Expulsei ela: atrevida, tá escrevendo a história do Juca Trindade, Deus me perdoe de pronunciar o nome. Ela devia respeitar a memória de minha mãe, que proibiu falar deste sujeito aqui em casa. Ocê também devia parar com esta bobagem de contar a história da Fihinha. Deixa ela em paz ...

- Calma, Amélia, você está parecendo a tia Celma. Quer dizer que a Rosa Batista está pesquisando a vida do Juca Trindade? Ela está ainda aqui em Santo Antônio das Tabocas?

- Não sei nem quero saber. Nunca confiei nestes Batistas. É o ramo transviado da família.

Era inútil prosseguir o diálogo. Amélia condensava em si todo o radicalismo da família, não ia fornecer-me novas informações. Mas o pouco que ela me disse fez arrepiar meus cabelos. Agora eu sabia por que estava em Santo Antônio das Tabocas; assegurei-me de que ia encontrar com Rosa Batista - imagine, eu pesquisando a história da vítima e ela a do assassino. Mudei o rumo da conversa com minha irmã, procurando inteirar-me das fofocas familiares. Às seis da tarde, livre do sol quente, saí em campo em busca de Rosa. Não foi difícil encontrá-la. Estava com um grupo de amigos tomando chope no Bar Central. Quando a avistei, já de longe, meu coração disparou numa taquicardia incontrolável, um nó na garganta, um sentimento de angústia apossou-se de mim. Eu diria que estava sendo empurrado ao encontro e, quando me aproximei, vi também que ela se sentia desconfortável com minha presença. Felizmente, muitos do grupo eram também meus amigos e me convidaram para sentar. Escolhi uma cadeira que não ficava de frente para Rosa, ao lado de um dos amigos comuns. Algo me dizia que, frente a frente, poderíamos ser levados a um olho-com-olho de consequências imprevisíveis. Foi ela quem iniciou a conversa:

- Me disseram que você está pesquisando a vida da Fihinha. É verdade?

- É. E você a do Juca Trindade. Confere?
- Estou sim.
- Que tal, você me mostra a sua que eu lhe mostro a minha.

Entre os risos da plateia, Rosa voltou-se para mim autoritária, com jeito de quem não achou graça nenhuma.

- Engraçadinho! Mas não seria uma má ideia a troca de informações. Para conferir detalhes. Não quero ver sua pesquisa inteira, nem quero que você veja a minha. Isto pode dar confusão.
- Que confusão?
- Sei lá... Podemos, mesmo sem querer, ser influenciados um pelo outro.
- Acho que seria uma influência positiva. Você com o ponto de vista do assassino. E eu com o da vítima.
- Olha, não estou interessada em escrever uma história a quatro mãos. Sei o que quero. Você escreva a sua...
- Então vamos conferir detalhes. É verdade que o Juca guardou mesmo um pedaço de bosta da Fihinha na carteira?
- Você só se preocupa com merda, é?
- Agressão gratuita... Mas guardou ou não guardou? Pra mim é um detalhe importante.
- Guardou, e daí?
- E daí? Você não está escrevendo a história do homem? Este é um detalhe fundamental para entender a cuca do sujeito. Mas vamos ser honestos, lasca você agora qualquer pergunta sobre a Fihinha.
- Sua tia era uma provocadora. Vivia jogando charme em cima do Juca quando estavam sós, para depois humilhá-lo e desprezá-lo diante de outras pessoas. É ou não é verdade que uma vez ela se desnudou em sua frente?
- Meia verdade, literalmente meia verdade. Ela não estava completamente nua. Só estava com os peitinhos de fora, tomando um banho de gato. A porta estava semicerrada; o Juca, muito sem-

vergonha, olhou porque quis. Olha, Rosa, um a zero pra mim, porque meia verdade não conta ponto.

- Você não conhece outra linguagem a não ser esta terminologia chula? Por que você tem de esculachar todas as coisas que toca com sua mente torpe?

- Faço de conta que não ouvi a agressão. Você quer que eu diga busto? Busto de fora? Que negócio feio, nem tesão dá. Peitinho dá.

- Imbecil! Não quero saber o que você anda escrevendo. Por favor, não me pergunte mais nada... Já vi que você não tem nada de sério para dizer. Você está entupido de torpezas.

Rosa Batista levantou-se bruscamente e foi embora. Permaneci sentado por alguns instantes com cara de tacho e, por fim, saí apressado, sem sequer despedir-me das outras pessoas, culpando-me por não ter sido mais diplomático com a Rosa, socióloga de formação, mestrado na USP. A biografia do tio – "Amor e Perdição", o título - seria sua tese de doutorado e, portanto, devia ter o mínimo de merda possível. Estava programado para ser um livro certinho, com índice remissivo, dividido em itens e subitens, indicação de fontes, notas de pé de página e vasta bibliografia. "Amor e Perdição" não é título que combina com a Rosa, é ótimo para romance e cai bem até para novela de TV, mas não para tese de doutorado - a não ser que tenha um subtítulo capaz de lhe dar a devida respeitabilidade no meio acadêmico. Apurei mais tarde (de uma maneira, espero que vocês não julguem muito sem-vergonha) que Rosa Batista tinha, de fato, um subtítulo à altura. A arrumação foi a seguinte:

AMOR E PERDIÇÃO
O Elemento Perturbador nas relações familiares da sociedade patriarcal capitalista do inicio do século XX

Um subtítulo que, só por si, já valeria um sete e o título de doutora.

A Janela

Não pensem que eu odeio a Rosa Batista. Ela jamais esteve entre as minhas dez preferidas, muito intelectual e certinha para meu gosto, mas eu nunca a coloquei na categoria de inimiga. Lembro-me que uma vez eu a classifiquei de "chata" numa roda de amigos, mas sem muita ênfase: "chata" - simplesmente. Pode até ser que eu tenha tido, antes de nosso envolvimento com a Fihinha e o Juca, certa pinimba com ela, acusado que fui de ter inveja de sua capacidade de organização e pesquisa. Vocês precisavam ver a mesa de trabalho da Rosa: papéis dispostos em prateleiras, rigorosamente separados por assuntos, lápis e caneta ao alcance das mãos num estojo, a estante organizada como se fosse de uma biblioteca de museu, tudo catalogado. Nada do pandemônio de meu escritório, se é que posso dar este nome ao cubículo entulhado, onde me encafurno com meu PC; papéis jogados por todos os lados, temas misturados, livros jogados pelo chão ou empilhados sem nenhuma ordem nas estantes, disquetes misturados, alguns com rótulos, outros não. Por incrível que pareça, eu aprendi a navegar nesta desordem, desde que ninguém meta a mão. Cada um com o seu caos, não é mesmo? Mas a questão não é esta; a questão é explicar por que, desde o encontro no Bar Central, foi crescendo dentro de mim um ódio tão grande pela moça. Muito maior do que o justificado pela agressão verbal de que fui alvo. De chata ela passou a ser intolerável; de intolerável a abominável. Estou seguro de que todas as maldades que eu fiz contra a Rosa Batista foram induzidas por Fihinha - somente ela podia querer que eu insultasse, espezinhasse e, por fim, destruísse a pesquisadora da vida do Juca. Minha certeza de que Fihinha era a responsável confirmou-se na noite mesma do encontro, quando ela apareceu metida em sua mortalha, exigindo algo que feria os poucos princípios morais que me restavam. Tentei resistir:

- Isto eu não vou fazer!

- Você faça o que eu estou mandando porque tem de ser assim e pronto!

***

O entusiasmo que demonstrei, ao bater com os olhos no diário de Juca Trindade, não agradou a Fihinha. Se dependesse só de minha vontade eu o reproduziria na íntegra, sem mover uma vírgula. Minha argumentação foi inútil.

- Os assassinos também têm direito de defesa.
- Isto não é júri e, se for, eu sou a juíza, a promotora e o corpo de jurados. As regras sou eu que estabeleço. Não estou gostando, viu, deste encantamento diante deste livrinho boboca.
- Então, o que faço com o diário?
- Reproduza só o que eu deixar que você reproduza.

No dia seguinte, diante do computador, lutei inutilmente contra a tirania da morta, minhas mãos dançando sobre o teclado num automatismo que não era o meu. O que passo a transcrever é um diário truncado, uma seleção enumerando os atributos de Fihinha.

Capim Alto, 9 de junho de 1920

Esta menina é um doce de coco. Um pãozinho macio, uma geleia de mocotó. Sou capaz de praticar qualquer loucura para satisfazer seus desejos, mas esta Belarminda preta está botando urucubaca em nosso amor. Se a casa fosse minha, creada que masca fumo já estaria no olho da rua. E se a Adelaide não fosse mãe della eu já teria ensinado a esta mulher qual é o seu lugar. Como é besta o capacho de meu irmão!

Capim Alto, 20 de junho de 1920

Trouxe flores para minha menina de tranças e a vaca da Adelaide mandou a mascadora de fumo jogá-las na latrina. Tenho de me controlar para não arrebentar a fuça dessas duas. Qualquer dia eu perco as estribeiras e não sei o que vai acontecer. Hoje só comi manga porque comida feita por esta bruxa catinguenta eu não quero. Aposto qu'ella cospe na panela sua gosma fedorenta!

SantoAntonio das Tabocas, 23 de junho de 1920

A Janela

Amanhã tem fogueira na praça da Matriz. Vou vestir minha gabardine só para ver minha Menina cintilando como uma estrela na noite de São João... Mas eu vi a desgrammada da Belarminda fazendo um sinal da cruz enviesado. Boa coisa não deve estar tramando.

_____

- Chega, senão ocê enche o livro só com estas besteiras.
- Nem a conclusão?
- Tá bem, eu deixo.

_____

Capim Alto, 15 de agosto de 1920

Posso aceitar tudo, menos o desprezo. Estou desesperado...

Capim Alto, 16 de agosto de 1920

Ela fez chacota de mim. Isto não vai ficar assim!!!!!!!!!!

_____

16 de agosto de 1920, véspera da tragédia.

12
CRIME E PERDÃO

Às vezes a gente encontra coisas ótimas no lixo. Por exemplo:

O Elemento Perturbador nas Relações Familiares da Sociedade Patriarcal Capitalista do Início do Século

Rosa Batista

Tese de Doutorado da Faculdade de Antropologia - Universidade de São Paulo

ÍNDICE

1. Introdução – pg.3
2. Metodologia – pg. 5

Capítulo I - O Autoritarismo Patriarcal e Paternalista
1.1. Os fundamentos teóricos – pg. 7

1.2 . O escravismo paternalista e seu desdobramento
nas relações de classe do Brasil pré-industrial – pg. 27

Capítulo II - O Elemento Perturbador

2.1. Um estranho no ninho – pg. 83
2.2. Anotações biográficas do personagem estudo – pg.. 101
2.3. Elemento perturbador e elemento contestador – pg. 121

Capítulo III – A Contestação

3.1. Crime e perdão – pg.141
3.2. Contestação e castigo – pg.161

Conclusões – pg. 183
Bibliografia – pg. 193

Não me agradou o índice. Só de ver senti arrepios diante dos 1.1, 2.1.1, 1.3.1, tudo arranjado, itens e subitens encaixando-se cronologicamente, princípio, meio e fim. Fui em frente assim mesmo, engoli meu preconceito contra o antropologês (da família do sociologuês e do cifrado economês) e comecei a folhear a tese. Não demorou muito - odeio ter de elogiá-la - tive de admitir que a tese da moça era legível, apesar dos gráficos, tabelas, notas de pé de página, idem, ibidem, latinadas, *more maiorum, modus vivendi, debellare superbos, cogit rogando quum rogat potentior et coetera*. Ataquei a introdução

Introdução

Este estudo assenta-se na análise da biografia de José Deodolino Trindade (Juca Trindade) - 1885-1925 - numa tentativa de avançar uma interpretação sócio-antropológica da sociedade patriarcal capitalista do início do Século XX. Elemento perturbador da vivência social aceita, a figura de Juca enquadra-se numa categoria de indivíduos presentes em praticamente todas as sociedades: é o elemento que polemiza as normas, às vezes com toques extravagantes que beiram à loucura; pode ser o louco da aldeia ou um respeitável cidadão que conquistou o direito, pela práxis, de extravasar suas idiossincrasias. Respeita-se o cidadão, galhofa-se de suas extravagâncias. Nesta linha de pensamento, o objetivo desta tese é demonstrar que a figura representada por Juca Trindade é aceita socialmente, apesar de ser um elemento perturbador, porque quase nunca contesta, em sua essência, as estruturas de classe e de poder. Num certo sentido, este elemento perturbador, que não contesta a essência estrutural da sociedade, serve muitas vezes de válvula de escape, é elemento valioso de legitimação do sistema, quando bem manipulado (e quase sempre o é) pelo centro de poder. A extravagância ocasional e controlada fazendo a inércia social suportável.

Ou, colocando a questão de outra maneira, os carneiros que seguem o líder do rebanho não deixam de achar graça no carneiro que faz careta para o chefe.

Juca Trindade nasceu três anos antes da abolição da escravatura; viveu, portanto, o lento processo de transição do regime de servidão ao pré-capitalista, que herdou todos os vícios do paternalismo escravista. Durante quase todos os seus quarenta anos de existência, com suas manias e não raras vezes suas truculências, Juca jamais desafiou a herança escravista, parecendo aceitar, por antecipação, a tese que seria defendida por Gilberto Freyre de que a escravidão no Brasil foi amena, onde os "maus senhores" seriam exceção e não regra e que "...não poucos escravos fugiam, não à procura de liberdade absoluta - repita-se - mas em busca de, para eles, bons senhores"[1] . Hélio Vianna, em sua História do Brasil[2] , também fala da

---

[1] O Escravo Nos Anúncios de Jornais Brasileiros do Século XIX, Prefácio à 2ª Edição, pag. XV - Brasiliana, volume 370 - Série Estudos e Pesquisas, 14 - Instituto Joaquim Nabuco de Pesquisas Sociais, Companhia Editora Nacional, 1979

[2] História do Brasil, Edições Melhoramento, 3ª edição, São Paulo, 1965 - pag. 258-259

brandura do regime escravista no Brasil desde a época colonial, para, logo em seguida, citar uma carta de D. Pedro II ao Governador Geral D. João de Lencastro, datada de 1700. "Nela - escreve Hélio Vianna - se condenava a falta de roupas e de alimentos a que eram sujeitos muitos escravos, os maus tratos a que eram submetidos, principalmente por suas senhoras, as marcações pelo lacre e por ferro quente, as mutilações, os açoites etc."¹ Em seguida, Hélio Vianna nos brinda com esta maravilha de interpretação: "Se tais processos eram condenados, nem por isso deixariam de ser praticados, justificando, portanto, as evasões e a formação de quilombos". Quer dizer, os escravos necessitavam de uma justificativa para fugir, como se a escravidão, em si, não fosse um motivo mais do que suficiente. A ideia implícita, na raiz do paternalismo escravista, é de que o negro aceitaria de bom grado a escravidão, desde que tratado com brandura.*

Juca Trindade, mais de uma vez, manifestou sua admiração por João Miguel, tido em Santo Antônio das Tabocas como o melhor exemplo do ex-escravo satisfeito com o "bom patrão que teve", o preto que buscava, segundo a ótica de Gilberto Freyre, o senhor justo e não Palmares.³ Em resumo, Juca jamais perturbou a estrutura de classe que se desenhava, melhor dizer que se perpetuava num transplante enjambrado da estrutura de poder imperial para a era republicana⁴. No latim de Juca Trindade não cabia a expressão *debelare soperpos*.

Pretendemos, também, demonstrar nesta tese que existem várias graduações de Jucas e isto dentro de um contexto em que se criou o estereótipo do brasileiro galhofeiro, o malandro cordial, sempre pronto a fazer piada de seus piores preconceitos. No Brasil

---

* Esta nota é por minha conta: vai ser brando na puta que o pariu.
³ "Eta preto bom é o João Miguel. Se todos fossem como ele não precisava ter havido abolição e todo mundo estaria contente"- Declaração de Juca Trindade, segundo depoimento de sua sobrinha Iracema Trindade da Assunção, colhido na fita gravada nº 16 no dia 30.10.93
⁴ No caso de Santo Antonio das Tabocas, os dois principais chefes políticos, até 1958, eram descendentes diretos de um barão, o Barão do Indaiá, considerado como o grande patriarca da região.

nunca houve apartheid, como ocorreu na África do Sul, nem organizações do estilo Klux-Klux-Klan, porque isto nunca foi preciso para manter, primeiro, a ordem escravista e, depois, o regime de classes, que colocou o negro na escala mais baixa da sociedade. Millôr Fernandes, num de seus achados geniais, resumiu numa frase esta situação de aparente harmonia racial: "No Brasil não existe preconceito de cor; o negro reconhece o seu lugar". E mesmo a frase de Millôr não casa inteiramente com a verdade: até 1951, quando foi aprovada a lei Afonso Arinos, tornando a discriminação racial um crime, podia-se ver anúncios de emprego nos jornais brasileiros dizendo que não aceitavam pretos nem mulatos. Após 1951, tais anúncios tornaram-se ilegais, mas o preconceito ficou camuflado no termo "exige-se do candidato boa aparência." [5] Os quilombos e o exemplo de Palmares não foram apenas sufocados pela repressão escravista e o esquecimento calculado da História oficial, mas também pela ideologia sedimentada, ora no paternalismo ora na galhofa e que reduziu toda a experiência de luta negra ao sentimentalismo embutido em obras como **A Escrava Isaura** e o séquito de personagens sentimentaloides banalizados, posteriormente, nas novelas da **Rede Globo.** Do ponto de vista histórico, a não ser exemplos isolados como a Convenção Nacional do Negro, realizada em São Paulo em 1945 (e que pressionou a aprovação da lei antidiscriminatória de 1951), só recentemente, em parte inspirado no movimento dos Panteras Negras e no quadro da contestação geral característica do final dos anos 60, é que o movimento negro brasileiro começou a buscar suas raízes de luta e contestação de uma ordem que o oprime com a fachada do paternalismo.

Num outro plano, é a cultura da galhofa, capaz de camuflar com o riso e a comédia a discriminação, que também permite a existência dos Jucas em suas várias graduações. Transformados em figuras exóticas, risíveis, o pouco de contestação que suas idiossincrasias podem ter é neutralizado. Eles são, de uma maneira que demons-

---

[5] Abdias do Nascimento em "Racial Democracy in Brazil: Mith or Reality", Stetch Publishing Co.Ltd., Ibadan 1977, pag 69, diz que "boa aparência" entende-se por "branco".

traremos ser generalizada, rebaixados à categoria de *cachorro que late mas não morde*. E, se morder, a punição vem pronta, porque também a cultura da galhofa tem seus meios de defesa, às vezes violentos. Mesmo aqueles bem situados na escala social não escapam à punição, pois o comum é que se perdem os privilégios de classe, quando a simples perturbação vira contestação.

O caso de Juca Trindade ilustra muito bem esta tese.

Foi no fim de sua vida que Juca acabou sendo punido, não pelo crime de assassinato que praticou, mas porque, justamente, ousou contestar a ordem social vigente, ao deixar de ser o elemento puramente excêntrico (muito salutar para quebrar o tédio numa cidade do interior), tornando-se um contestador. Só então, quando o elemento perturbador colocou em perigo as estruturas vigentes, é que o internaram num hospício, onde morreu ao cabo de poucos meses.

Paro de citar a Rosa, porque eu também quero dar palpite, sem necessidade das letrinhas de pé de página. Eu até reconheço: seria mesmo uma pena deixar no lixo, onde a encontrei, a tese da Rosa. Felizmente, talvez no fundo torcendo para que alguém a encontrasse, ela não rasgou as páginas em pedacinhos, apenas ao meio, permitindo a recomposição com facilidade.

- Foi ele quem a obrigou a jogar a tese fora. Ela está totalmente sob seu domínio, - disse-me Fihinha.

Deveria estar mesmo, pois ninguém joga fora assim, sem mais nem menos, quatro anos de pesquisa para escrever, no lugar, louvores gratuitos a um pessoa sem o menor interesse fora do restrito mundo da cidade onde viveu. O **"AMOR & PERDIÇÃO"** que a Rosa escreveu depois, mas que nós contribuímos ativamente para que não fosse publicado, era sem tirar nem pôr a antítese de seu primeiro trabalho, não passando de um panfleto com tiradas grandiloquentes, a fim de satisfazer a burguesia e os fazendeiros de Santo Antônio das Tabocas. Fiz o que tinha de fazer: piquei-o em pedacinhos e depois queimei-o, pois foi assim que Fihinha exigiu.

Tarcisio Lage

Metodologia

Este trabalho é o resultado de quatro anos de pesquisa de campo, durante os quais foram entrevistadas 248 pessoas, sendo que 15 delas conheceram em vida Juca Trindade. Todas as entrevistas foram gravadas em 38 cassetes numerados de 60 minutos cada um. Uma cópia desse material está sendo entregue à banca examinadora juntamente com a tese.

Buscamos atingir três objetivos principais nas entrevistas: a) estabelecer um quadro o mais real possível da personalidade de Juca Trindade com ênfase na diferenciação entre elemento perturbador e elemento contestador; b) recriar o mais fielmente possível o ambiente patriarcal de Santo Antônio das Tabocas no início do século; c) inserir o caso de Juca Trindade num contexto mais amplo, investigando a existência de personagens parecidos nas cidades próximas, numa tentativa de delimitar as diferenças entre elemento perturbador e elemento contestador e como o primeiro é utilizado para legitimar o sistema que ele, aparentemente, perturba.

No plano teórico, para ter uma visão mais global da sociedade patriarcal escravista do Brasil imperial e seu desdobramento na era republicana, consultamos exaustivamente as obras de Gilberto Freyre, Abdias do Nascimento, Florestan Fernandes, Fernando Henrique Cardoso e outros.[6] Sem se ater inteiramente a ele, o método de análise marxista serviu-nos de inspiração, sobretudo quando se tratou de esclarecer melhor o sistema de produção dominante no Brasil imperial, ou seja, o modo de produção escravista.

Eu também entrevistei gente pra burro, mas não numerei fita nenhuma e nem sei mais onde muitas delas estão. Não importa, todo mundo já percebeu que eu não passo de um *ghostwriter* da Fihinha. E se é para teorizar, o negócio é com a Rosa Batista.

---

[6] Veja lista bibliográfica

A Janela

Fundamentos Teóricos

O Brasil Colônia, em geral, e o Brasil Império, em particular, foram marcados pelo sistema de produção escravista como forma dominante. A luta de classes em sua expressão mais primitiva, opondo senhor a escravo. Na concepção de Décio Freitas, registram-se na época outros sistemas coexistindo com o escravista, mas "subordinados a ele e por ele condicionados" [7]. J.B.Feres, referindo-se ao primeiro reinado, é ainda mais contundente: "O quadro social é inteiramente dominado pelo predomínio da classe ligada à propriedade de terra e ao escravismo" [8] O cálculo aceito pela maioria dos pesquisadores é de que, na época do Império, 1/3 da população brasileira era escrava.

No universo mais restrito de Santo Antônio das Tabocas, como seguramente foi o caso na maioria das comunidades brasileiras, o sistema feudal importado da Europa e caracterizado na época colonial através da concessão das sesmarias, sobreviveu apenas como uma superestrutura fundamentada no modo de produção escravista. Quer seja nas plantações de algodão, milho, feijão e arroz; quer seja na pecuária ou nas lides de casa, o trabalho principal sempre foi escravo. A figura do meeiro - resquício, sem dúvida do feudalismo - só se tornou importante na cidade com o declínio da escravidão nas duas últimas décadas do século XIX. Em muitos dos depoimentos, ressaltou-se o fato de haver nas ruas de Santo Antônio das Tabocas uma multidão de pobres pedindo esmolas, os desocupados, ou os chamados pobres livres e, portanto, excluídos do mercado de trabalho escravo, pois "capina é trem só pra preto boçal".[9] No plano ideológico, esta exclusão do pobre livre contribuiu em grande escala para acelerar o senti-

---

[7] Escravos e Senhores-de-Escravos, pag.9 - Coleção "Chronos" - Universidade de Caxias do Sul, 1977.

[8] Propriedade da Terra: Opressão e Miséria - O meio rural na história social do Brasil, CEDLA, Latin America Studies 56 - 1994

[9] Frase atribuída ao Capitão Ferreira, um dos fundadores de Santo Antônio das Tabocas - transcrita em Santo Antônio das Tabocas -História de Nossa Gente, José Salgado Batista, editado pelo autor, Belo Horizonte, 1970.

mento racista contra o negro, visto (ainda que obrigado) como usurpador do trabalho.[10] Um sentimento que se amplificou no fim do século, quando as leis restringindo a escravidão, em sua maioria votadas sob pressão da Inglaterra, aguçaram a concorrência entre negros alforriados e pobres livres (mulatos e brancos) no mercado de trabalho. É esta contradição, somada à pressão inglesa visando criar entre outras coisas um mercado de consumo para seus produtos no Novo Mundo, que fez pender o fio da balança, acabando por fim com o regime de escravidão em 1888. O regime escravista que perdurava no Brasil (Brasil e Cuba foram os últimos a abolir o sistema) apresentava-se, de fato, como o grande empecilho aos interesses capitalistas que se firmavam com a revolução industrial na Inglaterra, sequiosa de conquista de novos mercados consumidores. Quer dizer, a escravidão no Novo Mundo, que já dera tanto lucro à Inglaterra e a outros países europeus no passado, precisava agora ser abolida, não por razões morais e humanitárias, mas porque sem regime de trabalho livre não pode existir mercado consumidor na amplitude exigida pelo sistema capitalista de produção.

Entretanto, se 1888 marcou o fim da escravidão no Brasil, a ideologia patriarcal escravista sobreviveu na era republicana e até hoje encontramos seus resquícios. Na escala menor de Santo Antônio das Tabocas, até 1970, não havia um único comerciante de prestígio negro e somente em 1989 é que foi eleito o primeiro vereador negro da cidade. Além do mais, os clubes sociais que concentravam a vida social da elite de Santo Antônio das Tabocas só admitiam sócios

---

[10] Fenômeno muito parecido com o que se registra agora na Europa Ocidental, visando, sobretudo, os turcos e os originários da África do Norte. Durante o boom econômico dos anos 60 e 70, eles foram atraídos para a Europa Ocidental, a fim de realizar, sobretudo, os trabalhos mais pesados. Agora, entretanto, são vistos por grande parte da população como usurpadores do trabalho dos nacionais.

brancos. Pode-se ouvir, até hoje, afirmações como esta: "Preto só deve entrar em clube de branco pra tocar ou para fazer faxina." [11]

No plano nacional, dois exemplos marcantes do poderio dos senhores de escravos: a abdicação de D. Pedro I em 1831 e a Proclamação da República em 1889. Em 1831, data da abdicação do imperador, deveria entrar em vigor o tratado que D. Pedro I assinou - sob pressão da Inglaterra -, abolindo o tráfego negreiro. E a proclamação da República deu-se um ano depois da assinatura da Lei Áurea. Os senhores de escravos já não podiam sustentar um império que lhes tirava o ganha-pão e embarcaram, ainda que a contragosto, na nau republicana.

No universo de Santo Antônio das Tabocas, como a confirmar que uma classe não permite ser desafiada impunemente, estão documentados em **Santo Antônio das Tabocas - História de Nossa Gente**[12] de José Salgado Batista, dois acontecimentos marcantes: o assassinato do Capitão Aristides Matoso, em 1883, e a expulsão da cidade do comerciante português Generoso da Costa Leão. O capitão Aristides, um ano antes de seu assassinato numa tocaia, alforriou todos os seus escravos e estabeleceu um regime de meia em suas fazendas que perfaziam mais de mil alqueires. Depois de sua morte, os herdeiros entraram nos trilhos e restauraram a escravidão. Generoso da Costa Leão foi expulso porque queria se casar com sua escrava. O vigário só não fez o casamento, como também liderou a campanha da expulsão.

Tanto o capitão Aristides como o português Generoso estavam totalmente isolados, sem apoio até dos chamados liberais radicais.

Chega de teoria. Vamos pular para o resumo biográfico que a Rosa fez da vida do Juca Trindade. Se houver alguma discrepância com o que eu disse antes, vale o que eu escrevi, pois a Fihinha

---

[11] Depoimento do ex-prefeito e latifundiárioTeodomiro Bezerra, fita gravada número 5
[12] Idem, pag. 138

é fonte mais fidedigna do que todos esses entrevistados da Rosa. Vamos lá, de qualquer maneira:

1.2. Anotações biográficas do personagem estudo

    José Deodolino Trindade, que a partir de agora chamaremos apenas de Juca, foi o caçula de um grupo de dois irmãos e duas irmãs. O pai, fazendeiro, dispunha de recursos suficientes para que os filhos estudassem. O mais velho, Amadeu Deodolino Trindade, cursou apenas o primário e assumiu as lides da fazenda. Juca, depois de cursar com brilhantismo a escola primária (aos cinco anos já sabia ler, graças aos ensinamentos de uma tia), foi internado no colégio dos Padres Maristas em Belo Horizonte, onde só permaneceu três anos. Foi expulso por insubordinação. De volta a Santo Antônio das Tabocas, em 1906, Juca recusou-se, terminantemente, a participar dos trabalhos da fazenda com seu irmão Amadeu. Suas manias e excentricidades - a truculência, o hábito de falar consigo mesmo pelas ruas, seu desrespeito ao que se consideravam "normas de civilidade" - foram-se agravando a partir dessa época. Foi deserdado pelo pai, Amâncio Eustáquio Trindade, sob o argumento de que "herança é só para quem trabalha". A reação de Juca valeu-lhe, além da confirmação da perda da herança, sua expulsão da casa paterna. Tinha, então, vinte anos.[13] Desde esta época viveu hospedando-se nas casas de seu irmão e de suas irmãs ou, então, viajando por fazendas e cidades próximas, de carona. Vendendo bilhetes de loteria para ganhar a vida, mandou imprimir um cartão de visita onde, como lugar de residência, escreveu "aí pelo mundo".

    Em 1906, sendo seu pai um dos expoentes do Partido Conservador de Santo Antônio das Tabocas, Juca foi a um quartel[14]

---

[13] "Pode enfiar a herança no c...", foi a resposta de Juca (anotação do autor: nem em nota de pé de página a Rosa escreve cu)

[14] Quartel é o nome que se dava à reunião dos votantes sob a vigilância dos cabos eleitorais de um partido político em época de eleições. Comidas e bebidas

do Partido Liberal fantasiado de matuto. Sua presença foi vista como provocação; os cabos eleitorais quiseram expulsá-lo e aí começou a pancadaria. Pedro Nepomuceno, um dos presentes ao acontecimento, forneceu-nos o seguinte depoimento na fita gravada nº 7 :

> *Juca chegou de barbicha, chapéu de paia rasgado e uma carça véia mais rasgada ainda. Camisa xadrez tamém rasgada, parecia um Jeca Tatu com seu cigarro de paia. Eta sujeito provocadô! O Nereuzão, comandante dos cabos eleitoral, foi mandar ele prá fora e levou um pescoção no pé das oreia. Caiu duro no chão. Viero os outro cabo e saiu sopapo pra todo lado. Com um só soco o Juca arrancô os resto dos dente d'um dos cabo e só parô de distribui bolachada quando o Nereuzão, inda zonzo, sapecô um tiro na perna dele. Juca foi arrastado pra fora gritano como o capado qu'eles mataro pro quartel, dizendo que eleitô num era criação pra ser ajuntado num curral.*

Não foi o único tiro que Juca recebeu. Nas suas arruaças no bordel de Santo Antônio das Tabocas foi baleado no rosto e, em consequência disso, ficou com uma cicatriz debaixo do olho direito. Numa outra briga na porta do Clube Social e Recreativo, frequentado pelos integrantes do Partido Liberal, foi esfaqueado no ombro esquerdo e quase morreu. Juca dizia impropérios na frente de um grupo de moças e o irmão de uma delas veio tomar satisfações. O rapaz foi agredido e retribuiu a agressão com a facada.

Entre as suas muitas manias, o hábito adquirido desde a adolescência de tomar pelo menos três banhos por dia e de lavar as mãos inúmeras vezes, utilizando sabonetes que trazia na pasta que sempre o acompanhava.

O ato mais tresloucado de Juca, entretanto, foi em 1920, com o fim trágico de sua tentativa de namoro com a enteada de seu irmão, a bela Maria Amélia, conhecida pelo apelido de Fihinha. Geniosa e mimada, (ela queria cortar, mas eu insisti que era preciso dei-

---

eram fornecidas. A prática das quarteladas prevaleceu até a década de 60, quando foi proibida por lei.

xar) Fihinha retribuía à corte de Juca ora com sorrisos misteriosos, ora com olhar de desprezo, deixando-o muitas vezes exasperado. Seu amor por Fihinha foi tão intenso, que Juca levava como lembrança em sua carteira um pedaço de excremento da mesma. Ele dizia que aquilo era a prova suprema de seu amor, pois "quem ama não pode ter nojo de nada da amada".[15] No dia 17 de agosto de 1920 Juca assassinou Fihinha com um tiro de espingarda calibre 16 no peito. Na véspera, ele a pilhou fazendo galhofa dele, contando em tom de pilhéria suas tentativas de conquistá-la, diante de um grupo que sempre se reunia na sede da fazenda de seu irmão para jogar baralho. Esta frase, atribuída a Fihinha, teria sido a gota d'água que desencadeou a tragédia: "toda corte tem seu bobo. O Juca é o bobo de Capim Alto". Na véspera da tragédia, Juca escreveu em seu diário: "Ela fez chacota de mim. Isto não vai ficar assim!!!!!!!!!!!"

Era de se esperar, pela circunstância do crime, a sangue-frio, que Juca fosse condenado por assassinato de primeiro grau. Não foi sequer submetido a júri. A esposa do irmão de Juca não só impediu que um de seus filhos, Sebastião Andrade, vingasse a morte da irmã, como também pediu para que não se fizesse nenhum processo na Justiça. "Nada vai trazer minha Fihinha de volta, confio na justiça de Deus", frase atribuída a dona Adelaide, a esposa do irmão de Juca, confirmada em vários depoimentos registrados na fita gravada número 8. Apurei, no cartório criminal de Santo Antônio das Tabocas que o crime foi registrado como disparo acidental.

Juca desapareceu de Santo Antônio das Tabocas por mais de um ano e, quando voltou, inaugurou uma nova fase de manias, discursando pelas ruas, sempre falando mal dos dirigentes locais e nacionais. Seu internamento no Hospício de Barbacena, em janeiro de 1925, onde morreu meses depois, foi a resposta ao processo que moveu na Justiça para tomar posse da parte da fazenda que lhe cabia por herança, mas que lhe fora negada pelo pai. Mas, certamente, não foi o simples desejo de conquistar a herança a que tinha direito por

---

[15] Esta frase de Juca Trindade foi confirmada em, pelo menos, cinco depoimentos. Um deles de sua sobrinha, Marialva Machado, na fita gravada nº 11.

A Janela

laço de sangue que moveu o Juiz de Direito de Santo Antônio das Tabocas a decretar seu internamento no Hospício. O mais provável é que o juiz tenha visto sua demência, finalmente, no seguinte item do pedido de restituição de herança, por ele mesmo redigido:

De posse da gleba a que tenho direito por lei, desde já quero reparti-la, em partes iguais, para as seguintes pessoas[16]*:*

a) Juvêncio Anastácio da Silva.

b) Francisco Menezes

c) Sebastião Pereira dos Santos

e) Ernestino Valadares Pimenta

f) João Romano de Almeida.

Juca Trindade ensaiava o que podemos classificar de uma reforma agrária particular. Ninguém achou graça, nem o mais galhofeiro dos fazendeiros locais, Francisco Nepomuceno, o Chico da Boiada, conhecido como o maior contador de piadas das redondezas. Sua declaração: "este sujeito é um perigo. Pra ele só tem três coisas: cadeia, hospício ou bala na testa".[17]

_____

Fihinha fez um muxoxo diante da tese de Rosa Batista e disse:
- É, pode deixar. Mas eu quero ainda fazer uns reparos. E ocê não me chama de personagem estudo, que eu te mato!

_____

[16] Todas as cinco pessoas indicadas, duas delas descendentes de escravos, eram empregados na fazenda de seu irmão.
[17] - Declaração confirmada por sua neta, Maria do Carmo, na fita gravada número 5

13
VINGANÇA

       - Minha morte foi muito mais colorida do que esta descrição borocoxô feita pela Rosa. Foi cena de filme com a Mary Pickford e o Henry Walthall com aqueles olhos de doido. Ocê precisava ver. O Pedroca pegou um machado e disse que ia torar a cabeça do Juca e o Tião, com seu 38, disse que ia arrebentar seus miolos. Minha mãe caiu de joelhos e falou: "Chega de tragédia, não quero mais sangue na minha casa". Pedroca respondeu: "eu sangro o desgraçado". E o Tião, naquele jeito seco e decidido de falar: "Mato". Mas o Juca sumiu e a vingança esfriou na cabeça dos dois. Pai Amadeu quase morreu de inanição, durante uns três dias não parava nada em seu estômago, nem água. E ocê quer saber de uma coisa, já no dia anterior comecei a sentir que tinha um trem errado, um nó na garganta, um aperto no peito indicando tragédia no ar. Eu, que sempre fiz gato e sapato da Belarminda, fiquei gelada quando ela bateu uns olhos de piedade em cima de mim. Ela tava sabendo o que eu pressentia. Tem nada pior no mundo do que vê que o inimigo tá com pena d'ocê. Nem dormi direito: fechava os olhos e via um vermelhão esquisito e depois um escuro, mais escuro do que noite sem lua e estrela. Levantei de manhã e fui debruçar na janela, que era meu lugar preferido, esperando que passasse aquele trem esquisito. Ouvi uma coruja piá -

pio de coruja de dia é tragédia certa. O Juca tava lá, resmungando, andando pra lá pra cá, rente à cerca do curral. Quando me viu falou: "Florzinha, você não pode debochar de mim". Respondi: "Não amola, Juca" . Ele continuou andando naquele pra lá pra cá, pegou a espingarda que tava encostada na cerca e falou: "Eu te mato, Florzinha, eu te mato, porque se você não for minha não vai ser de mais ninguém, eu já disse e repito". Aí eu até sorri só de pirraça, pra debochar mesmo, e falei: "Ocê não mata ninguém, bobo". Ele deu um grito: "Não me chame de bobo!" . Eu repeti: "Bobo, sim. Ocê é o bobo do Capim Alto". O Juca esgoelou como se tivesse sendo sangrado: "Florzinha!" Apontou a espingarda, eu ouvi um estampido e aí escureceu tudo, não vi mais nada, até ocê me acordar.

- Eu???
- Ocê mesmo. Ocê me acordou!
- Fihinha!
- "Fihinha!" Por que quê ocê tem de falar deste jeito espantado, que nem a boboca da sua mãe? Ocê me acordou. Já tava tudo quieto, ninguém mais se lembrava de mim, a Felícia queimou minha camisola antes de morrer, meu retrato de morta ia ser jogado fora ou ficar pra sempre perdido num baú, o Juca também só era lembrado por uns velhos na hora de morrer. Aí ocê veio, ocê e a Rosa, assuntar sobre o ocorrido, remexer o passado. Me acordou. E acordou o desgraçado do Juca também. Agora vamos ter de acertar as contas. Não fique com esta cara assustada de quem viu assombração. Agora ocê vai dormir. Eu deixo. Daqui uns dias eu volto para lhe dar uma missão muito importante.

Fihinha foi perdendo seus contornos até desaparecer completamente, enquanto cantava:
"Dorme, dorme, menininho, tutuquinha da titia..."
***

Na segunda-feira, quando regressei ao trabalho após o encontro com Rosa Batista, fui convocado ao gabinete do chefe de redação. Entrei e ele continuou de cabeça baixa, lendo qualquer coisa, com seu cachimbo idiota pendido nos lábios. Após alguns segundos, levantou os olhos, deu uma cachimbada, olhou-me com desdém, como manda o manual do administrador moderno, e disse:

- Sente-se, por favor.

Não só me sentei como também levantei as pernas e coloquei meus pés em cima da mesa do chefe. Com a cabeça pendida para trás, segura pelas duas mãos, ataquei com a pergunta, sem dar bola para seu olhar de surpresa:

- Qual é o problema?

O diretor ficou vermelho e eu creio que não era da cachimbada mal tragada. Levantou-se e, aos berros, foi dizendo:

- O senhor, além de irresponsável, é atrevido! Jornal não é fábrica de sapato, que se pode deixar para o dia seguinte. Um jornalista não deixa uma reportagem pela metade. Neste jornal não tem lugar para sapateiro!

Tive preguiça de responder. Achei mais cômodo mostrar-lhe o dedo indicador, sugerindo que ele sentasse em cima e rodasse. Foi acometido por um ataque de tosse e não era por causa do cachimbo. Dei um pulo da cadeira ao vê-lo avançar para meu lado de punhos cerrados e gritando:

- Fora daqui, fora de meu jornal!

Já no meio da redação, entre os olhares surpresos dos colegas, olhando o chefe furibundo na soleira da porta, falei na maior displicência:

-Não sei o que se passou com o Dr. Guilherme. Quem sabe alguém misturou alguma erva esquisita no fumo de seu cachimbo...

- Fora do meu jornal!

- Mas, por qual motivo?

O diretor não aguentou a provocação; veio em meu encalço e no meio da redação, diante de todos, esbofeteou-me o rosto. Com uma calma que nunca foi minha e uma dose de cinismo que eu não julgava ter de reserva, apanhei meus óculos que tinham caído e disse para todo mundo que se encontrava na redação:

- Suponho que estou sendo demitido.

A Janela

Apresentei queixa junto ao sindicato e fui à policia a fim de abrir um processo contra o diretor do jornal por agressão física. No IML submeti-me ao exame do corpo de delito, mostrando um tremendo hematoma roxo em torno do olho esquerdo. Tive a sensação de ouvir a Fihinha me dizer que eu receberia uma boa indenização.

***

Ganhei, de fato, indenização equivalente ao salário de um ano e, por baixo do pano, num acerto entre advogados, outro meio ano de salário para que eu retirasse a queixa na polícia. Agora eu tinha tempo de sobra para me dedicar ao livro de Fihinha, mas algo me dizia que ela queria uma dedicação muito mais profunda. Quando ela, por fim, apareceu dias depois do incidente na redação, eu não tive dúvidas de que teria de pagar um preço - talvez mais elevado do que pudesse imaginar. Ela queria que eu fosse bisbilhotar a casa da Rosa Batista.

- Aproveite que ela está viajando. Ocê vai ter surpresa. Vai!

***

Fihinha tinha razão. Bati na porta e fui atendido pela empregada, uma mulata de Santo Antônio das Tabocas que, felizmente, me conhecia.

- A dona Rosa não está.

Fingi espanto:

- Não está? Mas eu viajei do Rio de Janeiro. Ela ficou de me entregar uns papéis da mais alta importância. Será que ela não os deixou para me serem entregues?

- Deixô não. Se ocê quisé pode dá uma olhada.

Entrei e fui direto ao seu escritório de trabalho. Fiquei frustrado quando abri a pasta que tinha o nome "tese" e a encontrei vazia. Liguei o computador, mas este travou, pedindo uma senha. Fiz algumas tentativas, escrevi "Rosa" de trás pra diante, "Tabocas" em ordem direta e invertida, idem com "Ademar" (nome do namorado da Rosa). Já estava desistindo, sabendo que era tão fácil acertar como ganhar na loteria, quando ouvi uma voz conhecida soprar-me ao ouvido:

- Dedatrin.

Teclei e o hard disc começou a rodar, carregando o MS DOS e depois o Windows ainda na versão antiga, 3.11. Chamei o Word for Windows e encontrei o que aparentemente me interessava no diretório TESE. Mas ali só estava a introdução e o primeiro capítulo com o título AMOR E PERDIÇÃO. Nada a ver com o estilo intelectualizado de Rosa; cito um trecho para vocês terem uma ideia:

José Deodolino Trindade, (1885-1925) conhecido como Juca Trindade, foi o mais vivo exemplo de paixão desenfreada, um espírito inquieto em busca de grandes mudanças. Nos seus quarenta anos de vida, com seu jeito aloucado de dizer as coisas, sua irreverência e seu descaso pelos poderosos, Juca atuou como a mola das transformações dos costumes de Santo Antônio das Tabocas. É esta característica que o torna um personagem digno de estudo...

E ia por aí afora. Aquilo não era, de jeito nenhum, tese de doutorado da USP. Tive vontade de apagar tudo, tão fácil, só clicar na tecla *delete* e o amontoado de elogios ao assassino da Fihinha desapareceria como passe de mágica. Contive-me e fui perguntar à Margarida se, por acaso, a Rosa não costumava guardar papéis em outro lugar.

***

- Sei, não. Mas antes de viajá pra Santo Antonho das Tabocas ela jogô uns papér fora, nesta cestinha aí dibaxo dos seus pé. Hoje vô metê tudo no lixo grande.

Olhei e vi, maravilhado, a tese da Rosa, a tese original, as folhas rasgadas pela metade. Meti-as num saco plástico e disse à Margarida, enquanto me retirava.

- Não precisa dizer nada pra Rosa, não. Ela está em Santo Antônio das Tabocas, não é? Hoje eu lhe telefono.

A Janela

Emendei as folhas com fita durex, fotocopiei-as e as arquivei numa pasta. Agora era minha a tese da Rosa.

***

Fihinha estava particularmente irritada. Havia umas quinze noites que eu dormia tranquilo e até pensava que, depois da expropriação da tese, ela ia se acalmar e deixar que eu escrevesse o livro como bem entendesse. Não a esperava furiosa daquela maneira; seus olhos cinza pareceram-me incandescentes, quando ela me fitou e disse com a voz saindo entre os dentes trincados:

- O Juca tá soprando um punhado de mentira a meu respeito no ouvido da Rosa. Ela já escreveu na porcaria do computador que eu abri os peito pra ele e disse: *"atira, seu bobo,. atira se ocê for homem"*. E ele, muito bonzinho respondeu: *"Florzinha, você está sangrando meu coração, não faça isto comigo"*. E eu, escreveu a Rosa: *"não me chame de florzinha, seu maluco boboca. Quer atirar, atira, não fique aí feito um paspalho com esta espingarda"*. Aí, escreveu a Rosa, *"ele chorou, caiu de joelhos e me implorou"*, foi esta a palavra que ela usou, implorou: *"Não deboche desta criatura que só tem amor por você, não dilacere este coração que já está sangrando de paixão, não faça isto comigo, Florzinha, não faça isto"*. Eu: *"Bobo. Bobo do Capim Alto. Palhaço, vai dizer estas besteiras pras putas do cabaré. Me deixe em paz, que eu não acho graça nas suas palhaçadas. Atira, ocê não quer atirar. Atira"*. Olha o que a cretina escreveu:

Transtornado, provocado e humilhado, Juca pensou em arrebentar seus próprios miolos. Ainda de joelhos, aos soluços, apontou a arma para a provocadora e apertou o gatilho. Jogou em seguida a espingarda no chão e saiu correndo, aos gritos, embrenhando-se na reserva florestal que cercava Capim Alto. Passou três dias e três noites sem comer e beber até ser encontrado, quase sem sentido, numa vala cavada pela chuva na beira do matagal. Juca perdeu parte da memória, não se lembrava do incidente e suas manias degeneraram-se, a partir de então, para a mais completa loucura. Não tomava mais banho. passava o dia conversando sozinho e, às vezes, chegava mesmo a perguntar às pessoas por Fihinha.

Este estado calamitoso em que se encontrava levantou a suspeita de que tenha sido utilizado por outras pessoas, principalmente no caso do pedido de restituição de sua herança. A suspeita maior recaiu sobre seu próprio advogado, Anacleto Camargo, um dos poucos habitantes de Santo Antônio das Tabocas que lia e falava alemão correntemente e, seguramente, o único que lera, até então, naquelas paragens, **O Capital** de Marx no original. Em seu depoimento, o filho de Anacleto, Jurandir Camargo, afirmou: "Meu pai fez o que Juca pediu e até o advertiu que ele estava cutucando onça com vara curta" [18] Não é essa, entretanto, a opinião de Pedro Batista, sobrinho de Juca. Seu depoimento: "Da maneira em que se encontrava, não pode ter sido de Juca a ideia de entrar na Justiça para reaver a parte que lhe cabia da herança deixada por seu pai. O Dr. Camargo estava por trás do negócio!". [19]

Por mais obscuro que seja o episódio da tentativa de reaquisição da herança, o fato é que a desordem cerebral de Juca parece ter mesmo atingido o ponto "em que o convívio social não era mais possível".[20] Seu internamento no Hospício de Barbacena tornou-se, portanto, imperioso. E lá faleceu, desprezado e sozinho, muito mais como vítima do que assassino. É de se supor que sem a extrema provocação de Fihinha, o desfecho da história teria sido outro. Aquele tiro não apenas matou a menina mimada, deformada com a ideia de que todo o mundo deveria estar a seus pés, mas destruiu, para sempre, o potencial que Juca representava pelo menos para sacolejar as estruturas sociais arcaicas que, então, prevaleciam em Santo Antônio das Tabocas. Foi uma pena.

- Foi uma pena! Que petulância. O Juca tá torcendo as coisas e eu não posso permitir. Ocê tem de acabar com isso. O desgraçado passou uma semana inteirinha pensando em me matar. Premeditou tudo. Tanto premeditou, o doido, que até preparou um car-

---

[18] Fita gravada número 12
[19] Fita gravada número 12
[20] Depoimento do Dr. Avelino Arruda, fita gravada número 10

tucho especial. Não foi com chumbo que ele me matou não, foi com caroço de ouro e prata, o maluco.

— Verdade?

— E ocê duvida de mim? Preparou o cartucho e escreveu nele: "Para levar minha Florzinha deste mundo insano." Dez caroços de ouro, 10 caroços de prata, ele roletou o cartucho e aquilo veio feito uma bala de canhão em cima de meu peito, atravessou, fez um rombo de todo tamanho nas minhas costas e ainda entrou pela parede. Ninguém viu, até que foi feita a reforma da casa muitos anos depois. Minha mãe tinha mandado fechar a sala, ficou tudo sem mexer. O safado do Chico pedreiro encontrou aquele monte de contas de ouro e prata durante a demolição e não disse nada pra ninguém. Não vou deixar que o Juca continue soprando mentira no ouvido da Rosa. Nós dois vamos acabar com isso.

— Que devo fazer? Vou lá e apago tudo que estiver no computador, destruo os disquetes, o que já estiver sido impresso?

— Ocê sabe que isto não basta. Destrua sim, tudo. O computador, os disquetes, a papelada toda... E aproveita o embalo para destruir a Rosa também!

— Como, destruir a Rosa?

— Ocê entendeu muito bem. Destruir, liquidar, acabar com a raça dela!

— Fihinha!

— Cala a boca, não fique ridículo com esta cara de espanto e faça o que tô mandando.

— Como?

— Se quiser, pode dar um tiro no peito dela. Com chumbo mesmo, bem grosso, viu? Não, melhor sangrá-la, ocê pega uma faca de cozinha bem amolada e enfia debaixo de seu sovaco, quero ouvi-la gemer que nem uma porca, vai ser igual que eu estivesse enfiando a faca no Juca.

— É uma loucura!

— Não, não é loucura não. É só vingança. Ocê me acordou e agora eu quero vingança!

***

Talvez a insônia que me acompanhou depois dessa aparição tenha sido a maneira mais fácil que encontrei na tentativa de me livrar da insistente cobrança de Fihinha. Bastava um simples cochilo para que eu quase sentisse seus lábios tocando meus ouvidos num cochicho:

- Tá passando da hora de sangrar a porca.

Por vezes, mesmo acordado, eu podia ouvi-la, sua voz martelando dentro de minha cabeça:

- O que tem de ser feito, tem de ser feito. Sangre a desgraçada! Ocê me acordou, agora aguente as consequências.

***

Invadi o apartamento de Rosa, entrando pela persiana do banheiro da empregada, numa madrugada em que eu sabia, de antemão, que ela estava viajando. Com um martelo, utilizando uma estopa para reduzir o ruído, destruí seu computador e seus disquetes, meti num saco todos os papéis que pude encontrar, diplomas, apostilas, tudo, e os levei para casa onde os queimei. Revirei a sala e o quarto, levei uns livros e mesmo algumas jóias que joguei no Rio Pinheiros. Queria dar impressão de que fora um assalto e também esperava, com isso, satisfazer a ira de Fihinha. Não a satisfiz, de jeito nenhum. No primeiro cochilo, ainda abalado com uma madrugada de tanta ação, ela veio reafirmar sua cobrança:

- Agora ocê sangra. Sangre antes que ela escreva tudo de novo. Quero que o Juca desapareça. E se for lembrado, que seja apenas como o assassino que me tirou a vida antes da hora.

- Não tem outro jeito?

- Não tem não.

***

A Rosa não merecia ter morrido daquela maneira. Verdade que eu planejei bem o crime, assistido, para não dizer dirigido, pela Fihinha. Pensei em todos os detalhes, as minúcias, os traços mínimos que levam os "sherlocks" e os "columbos" da vida a descobrir o assassino que parecia o menos suspeito de todos. Eu tinha a meu favor o fato de não existir o motivo do crime e não atuava com nenhum comparsa que pudesse abrir o bico, pelo menos com nenhum comparsa vivo; eu morava no Rio, ela em São Paulo, éramos, tão somente, conhecidos, conterrâneos e parentes bem distantes, quinto grau ou mais. A briga no Bar Central em Santo Antônio das Tabocas, bate-boca em torno de pesquisas, onde só se brandiram palavras contra palavras, não constituía um motivo válido. Possivelmente, nossos amigos comuns não se lembravam mais de nada. Difícil, extremamente difícil, estabelecer todos os links possíveis entre mim e a Rosa. Se contendas e disputas em torno de teses e pesquisas constituíssem motivo de assassinato, então o maior índice de criminalidade estaria entre os intelectuais e, talvez com um pouco de exagero, a metade dos pesquisadores da USP seria constituída de assassinos e a outra metade de assassinados. Eu mesmo andei investigando em busca de um antecedente, o assassinato preventivo de um autor antes que sua obra fosse publicada. Claro, a inveja e o plágio são como dois fantasmas que rondam permanentemente o mundo dos intelectuais, de modo geral, e dos escritores, de modo particular.

Margarida era a única pessoa que representava uma ameaça concreta. Ela me vira no apartamento de Rosa bisbilhotando seu computador e seus papéis. Poderia falar, estabelecer a ligação, o elo perdido, Poirrot não deixaria passar; Columbo faria as perguntas indiscretas e inesperadas e, para arrematar; Maigret chegaria a mim como chegou ao assassino em mais de duzentos livros. Fihinha percebeu minha preocupação e falou-me baixinho, com a firmeza de quem esperou oitenta anos para se vingar:

- Não tem problema. Ocê mata ela também.

Ao meu estremecimento, ela respondeu com seu olhar de aço e eu compreendi, sem entrar em maiores discussões, que o que tinha de ser feito tinha de ser feito.

***

Por melhor que eu tenha planejado, não foi possível manter um baixo perfil da sangueira que acabei aprontando. Foi manchete de todos os jornais sensacionalistas ou, pelo menos, ganhou chamada de primeira página nos diários ditos sérios. Numa das manchetes, o crime foi classificado de hediondo e um editorial perguntava se "Jack, o Estripador", não estaria de volta, solto nas ruas de São Paulo.

Não fui direto do Rio para São Paulo. Comprei passagem de avião, ida e volta, Rio de Janeiro-Belo Horizonte. Em Belô aluguei um carro e viajei para São Paulo. Telefonei para a casa da Rosa, com voz diferente e, como eu esperava, atendeu-me a Margarida.

- De onde fala?
- É do apartamento da dona Rosa.
- Ela está?
- Tá não.
- Sabe quando ela volta?
- Dona Rosa vem pro jantar às seis e meia.

Eram quinze para as seis. Deixei o telefone público, atravessei a rua e toquei a campainha.

- O sinhô de novo por aqui? A dona Rosa não está.

Olhei o relógio e respondi sem jeito:

- Ora, que besteira, cheguei um pouco cedo. Marquei com a Rosa às seis e meia. Eu volto daqui a pouco. Ou, como já está quase na hora, talvez eu pudesse esperá-la aqui mesmo.

- Pode entrar.

Entrei com o cuidado de não tocar em nada. Sentei-me e fui logo enfiando as luvas de nylon que comprei no aeroporto de Confins; não havia tempo a perder: oito para as seis, não se permitia mais o luxo da vacilação. Entrei na cozinha e vi que a Margarida estava retirando da geladeira um bife, certamente para mim, assumindo que eu tinha sido convidado para jantar.

- O sinhô qué arguma coisa?
- Um copo d'água.

Enquanto ela abria a geladeira e se curvava para apanhar o jarro, agarrei-a por trás, procurando tapar-lhe a boca com a mão esquerda; com a direita, cravei-lhe a faca no abdômen. Ela deu um gemido, caiu e lá ficou, espernenando de dor. Para aliviar seu sofri-

A Janela

mento, a única coisa que me ocorreu foi desfechar-lhe outro golpe. Dirigi a faca, trinta centímetros de lâmina afiada, direto a seu pescoço. Devo ter atingido ao mesmo tempo a aorta e a jugular, pois o sangue espirrou por todos os lados, banhando meu rosto e minha roupa. Ouvi o ruído da fechadura e da porta se abrindo.

- Margarida, sou eu. Cheguei mais cedo. Pode preparar o jantar. Vou tomar um banho rápido e fico pronta num instante.

Acompanhei seus passos com todos os sentidos ligados. Ela gritou, já debaixo da ducha:

- Margarida, você me ouviu? Pode preparar o jantar.

E eu, com a faca na mão, senti-me como um Anthony Perkins, pronto para fazer o que tinha de ser feito. Mas não entrei em câmara lenta. Certifiquei-me de que a porta não estava trancada e, de um salto, abracei-a com a cortina de plástico e repeti a dose: a primeira facada no abdômen, que é a parte mais macia e, em seguida, antes mesmo que ela gemesse e espernease como um frango degolado, atravessei-lhe o pescoço em diagonal. Aproveitei-me que o chuveiro já estava aberto para lavar meu rosto e meus braços. Fechei-o, deixando a Rosa caída como se fosse um feto, embrulhada na cortina de plástico.

O passo seguinte foi eliminar os vestígios que pudessem indicar minha presença no local. Do saco plástico que trouxera, retirei uma calça, uma camisa limpa, uma peruca, um bigode postiço e um par de sapatos novo. Meti a roupa e os sapatos breados de sangue dentro do saco, vesti e calcei os limpos. Antes de voltar ao banheiro para ajeitar a peruca e o bigode, tomei o cuidado de proteger meus sapatos com um par de galochas e, para não haver discrepância com o bigode postiço e a peruca, tingi de branco meu cavanhaque. Pelo olho mágico certifiquei-me que não havia ninguém no corredor. Tirei as galochas, meti-as no saco, abri a porta ainda com as luvas e saí. Desci de escada para o andar inferior, aproveitando a descida para retirar as luvas. Tomei o elevador e esperei, no hall de entrada do edifício, que o porteiro ficasse sozinho. Era um sujeito de seus quarenta e cinco anos, pela aparência e o sotaque, nordestino. Ele era o último obstáculo, pois tive de me apresentar para subir ao apartamento da Rosa. O que tinha de ser feito agora, mais do que nunca, tinha de ser feito. E rápido. Sem ruído, sem chamar a atenção dos poucos transeuntes que passavam apressados no começo da noite. Vesti as luvas rapidamente, coloquei uma trave no elevador para não ser surpreendido e o estrangulei com um fio de aço, sem lhe dar tempo de gritar. Deixei-o sentado na cadeira, pendido para trás, ainda com o fone nos ouvidos. Peguei seu livro de registro em que anotava os nomes dos visitantes, meti-o no saco, e saí apressado em direção à Avenida Paulista. Fui de metrô até a Rodoviária. No banheiro retirei a peruca e o bigode, os dois para dentro do saco do crime, retirei a tinta do cavanhaque com água e sabão, saí e abri o depósito automático onde tinha deixado uma mala nova. Ajeitei o saco dentro da mala e fui de metrô até a Vila Mariana, onde estava estacionado o carro que alugara em Belo Horizonte. Viajei em seguida, mas entrei por uma estrada secundária mais ou menos depois dos primeiros cento e cinquenta quilômetros rodados na Fernão Dias. Minutos depois encontrei o que queria, lugar ermo, mais escondido ainda no breu da noite. Desliguei o carro, apaguei as luzes e encharquei a mala com dois galões de gasolina, molhando-a por dentro e por fora. Deixei os galões de plástico sobre a mala e atei fogo. Andei uns quinhentos metros a pé, auxiliado pela lanterna, fiz um buraco de oitenta centímetros de profundidade e lá enterrei a arma do crime que também me servira, tão bem, para fazer sua própria cova. Cobri o buraco com capim, de modo que, em dois dias, não haveria mais nenhuma marca no chão. Fihinha me certificara disso. Voltei ao carro e dirigi oito horas seguidas, sem sentir o menor sono. Cheguei de madrugada ao hotel onde me hospedara em Belo Horizonte, fingi estar embriagado, como se tivesse passado a noite na farra. Acordei às dez horas, tomei banho, devolvi o carro, fui de táxi para Confins e, às treze horas, já estava sentado num avião da TRANSBRASIL rumo ao Rio de Janeiro, certo de não ter deixado nenhum traço me envolvendo com o "hediondo morticínio" - escreveu NOTICIAS POPULARES - na rua Humberto de Alencar Castelo Branco, no Jardim Paulista.

14
É UM JOGO

    Eram três da tarde quando, finalmente, cheguei ao meu apartamento no Leblon. Fui direto para debaixo do chuveiro, um longo banho para limpar todo o corpo e, se possível, a alma - como as prostitutas depois de uma noite de trabalho. Fiz pipoca, muita pipoca, e estirei-me no sofá, na esperança de que a televisão me fizesse dormir e dormir sem sonhar, dormir apenas, apagar, mergulhar no limbo, provar o Nirvana, que naquele momento era a coisa que eu mais desejava.

    O noticiário foi normal. Só me interessei pelo item que falava do assassinato do porteiro do edifício Princesa Isabel na Rua Humberto de Alencar Castelo Branco. Foi uma nota rápida, gritada no exagero do "Aqui e Agora". A polícia suspeitava que o porteiro estivesse envolvido com uma gangue de traficantes de cocaína chefiada por um tal de Dadá do Pó. O apresentador, depois de olhar com um sorriso meio idiota para a colega apresentadora, que lhe retribuiu com a mesma moeda, virou-se para nós, a massa inerte diante do vídeo, disfarçou seriedade e disse:

    - Não há dúvida para o delegado Firmino da Costa Ferreira: o fio estrangulador é uma marca registrada da quadrilha do Dadá do Pó. Foi acerto de contas ou queima de arquivo.

Nada de condicionais, de talvezes e outras complicações desnecessárias: Dadá mandou apagar o porteiro.

Estava claro que ainda não tinham encontrado os corpos de Rosa e Margarida, respirei aliviado, pois no momento eu estava salvo. E mais: a pipoca arrebentada no azeite de oliva, o sal na medida certa, o calor úmido refrescado pela brisa entrando pela janela e a notícia confirmando que a polícia estava fria - seguindo uma pista totalmente falsa -, deram-me uma sensação de vitória, uma convicção de que eu, talvez, tivesse executado o crime perfeito. Dormi direto no sofá até a manhã seguinte sem que Fihinha aparecesse com suas imposições.

***

Encontraram as duas mortas no dia seguinte, quando o odor cadavérico tomou conta do corredor do quinto andar. O delegado Firmino teve de engolir sua teoria precipitada e, sem outro remédio, convocou uma entrevista coletiva. Foi bombardeado por perguntas para as quais não tinha a menor resposta.

- A antropóloga Rosa Batista também estava envolvida com a gangue do Dadá do Pó?.

- Estamos investigando, mas não conseguimos ainda estabelecer qualquer ligação.

- O assassino deixou algum traço? Impressões digitais? Toco de cigarro, marca dos lábios em algum copo? Pegadas?

- Estamos investigando.

- Claro, claro...mas o que existe de concreto no momento?

- As duas foram assassinadas de maneira idêntica: golpe de faca no abdômen e depois no pescoço. Foi morte rápida.

- Foram estupradas antes?

- Não, não há indicações.

- A arma do crime foi encontrada?

- Não.

- As vítimas tinham antecedentes criminais?

- Não.

- A polícia deve ter uma teoria para explicar o crime. Qual foi a ordem dos assassinatos? O porteiro foi morto antes ou depois?

- As análises do IML indicam que o porteiro foi o último. Mas tudo ocorreu muito rápido. Em menos de quinze minutos o assassino completou o seu trabalho.

- E a teoria, o senhor tem alguma teoria?

- Ainda não abandonamos, inteiramente, o envolvimento das vítimas com o tráfico de drogas, embora esteja quase comprovado que o porteiro tenha sido morto porque, aparentemente, seria a única pessoa capaz de reconhecer o assassino.

- Então era a antropóloga que o assassino, ou a assassina, quem sabe, queria apagar?

- Tudo indica.

- E o livro de registro? Ninguém pode, hoje em dia, entrar num prédio sem se apresentar ao porteiro.

- O livro não estava. O assassino levou.

- Os outros moradores não ouviram nada, não viram nada?

- Nàão ...

O "não" vacilante alertou o faro dos repórteres. Um deles passou o resto do dia batendo nas portas dos setenta e cinco apartamentos do prédio Princesa Isabel. Já estava desistindo quando lhe atendeu a moradora do apartamento 1503. Era uma mulher de quarenta e cinco anos, míope, com uns óculos de toda grossura, que estava na janela na tarde do crime e disse ter visto um sujeito louro saindo do prédio.

- Daqui do décimo quinto não pude fixar muito bem sua fisionomia. Só sei que tinha cabelos e bigode louros. Meio esquisito. Acho que eram postiços.

Foi o bastante para que, no dia seguinte, saísse estampada a manchete garrafal:

FALSO LOURO É O AUTOR DO MASSACRE!

Fiquei um pouco apreensivo, pois era a primeira pista, ainda precária, ligando-me ao assassinato. A leitura da matéria me tranquilizou. A moradora realmente não distinguira nenhum outro traço. Visto do décimo quinto andar e ainda por cima por uma pessoa míope, eu não passei de uma sombra loura, vaga, sem contornos precisos. Ninguém ia desconfiar de mim, moreno, cabelos e cavanhaque pretos, tranquilo em meu apartamento no Rio de Janeiro a mais de quatrocentos quilômetros da cena do crime. A polícia e a imprensa estavam no escuro e a manchete do dia seguinte do mesmo jornal sensacionalista confirmava:

NENHUM TRAÇO DO LOURO MISTERIOSO

Os dias foram passando e o interesse pelo massacre misterioso da Rua Humberto Alencar Castelo Branco diminuiu. Mas não a sensação de angústia que se apossou de mim, depois de passada a euforia da vitória. Seria dor de consciência?

Fihinha apareceu-me quinze dias depois, não vestida com sua camisola ensanguentada, mas metida num vestido vermelho de tafetá plissado. Seu rosto estava iluminado por um sorriso de quem acabara de ter satisfeito o maior desejo de sua vida. Ela percebeu minha inquietação e, de certa forma, minha surpresa diante de seu novo visual, as tranças muito bem feitas, dando-lhe um toque de colegial. Falou no maior deboche:

- Não fique me olhando como se eu fosse alma do outro mundo.

Rodou como se estivesse numa passarela e acrescentou:

- Sempre que eu colocava este vestido o Juca ficava inteiramente doido. Tinha taquicardia, perdia as estribeiras. Pai Amadeu mandou comprar pra mim no Rio de Janeiro, na Casa Colombo da Rua do Ouvidor. Não existe mais, sabe. Passei por lá e vi: os camelôs tomaram conta de tudo. Ah, quase matei a Lena e a Celma de tanta inveja. E a Maria das Graças deu faniquito, dizendo que queria um igual. Entrei como uma princesa na sala do Jogo no dia que ganhei o vestido, arranquei suspiro até da égua da Maricota e o cavalo de seu marido ficou mais vermelho que meu tafetá. Tive de esperar mais de oitenta anos para ter esta nova oportunidade de usá-lo. Muito obrigada. Ocê obrou bem. Foram uns talhos maravilhosos. Rapaz, quem foi que te ensinou a esfaquear dessa maneira?

Não aguentei, foi demais, sentir que Fihinha estava se deliciando com o assassinato de três pessoas, duas delas de todo inocentes. Mesmo a Rosa, coitada, que já levara na testa uma garrafada que o Tião atirou, endereçada à minha cabeça na noite de Santo Antônio. Criei coragem para explicitar o que talvez tenha sido minha primeira reclamação contra tanta desconsideração, minha primeira tentativa de me libertar de tanta tirania.

- Fihinha, você fez de mim um assassino!

Ela deu uma gargalhada e imitou-me com voz de falsete:

- *Fihinha, você fez de mim um assassino*. Vai lamber sabão, vai. Não salpique de falsa piedade o meu triunfo. Não venha pra cima de mim com remorso de comadre comungadeira, vem não. Para quem levou, como eu, um tiro calibre 16 no peito no ardor dos vinte e um anos não tem a menor importância aquelas três criaturas esfaqueadas. Ocê obrou bem. Que talho! O bucho do Juca, da Rosa, veio todo pra fora, um rasgo de mestre! Um capricho!

- Fihinha!

- Credo, Felícia que maravilha de filho ocê criou! Quanto sentimento! Está remoendo de remorso. Credo!

Apelei, quase chorando:

- Não faça isto comigo, Fihinha. Eu matei, minhas mãos estão sujas de sangue. Os jornais têm razão, foi um crime hediondo, obra de um monstro. Deixe-me em paz! Você já se vingou. Deixe-me agora em paz, Fihinha, por favor! Eu escrevo o livro do jeito que você quiser. Mas, por favor, me deixe em paz, não me transforme num monstro, não tripudie sobre meus sentimentos com seu sorriso. Você já se vingou. Pronto! Deixe-me em paz!

- Que dramalhão, meu Deus! Vingança? Ocê entendeu a palavra vingança com letras grandes demais, parecendo manchete daquele jornaleco sensacionalista que lhe impressionou tanto, monstrinho. Não houve nada demais. Três mortos neste mundão, que diferença faz? Tem gente morrendo de facada toda hora e, se não morrer de facada, morre de todo jeito: mais cedo ou mais tarde; de facada ou de tiro; ou de doença ou de fome; morre estirado na cama, gagá, babando. É tudo um jogo, ocê ainda não percebeu? Um jogo. Eu disse *vingança* pra quebrar seu moralismo beato, senão ocê não executaria o trabalho direito. É um jogo e eu não gosto de perder. Agora eu e o Juca estamos empatados e eu quero é ganhar, viu, monstrinho.

Ela desapareceu, sorrindo, rodando seu vestido vermelho, na ponta dos pés, como se fosse uma bailarina. Assaltou-me uma raiva descontrolada. Então era isso, um jogo, eu sendo manipulado como um peão sem a menor importância, transformado em capacho igual a minha mãe a quem ela fizera de gato e sapato durante a vida inteira. Eu carregava três mortes nas costas e ela sorria, porque era um jogo.

Decidi que era preciso libertar-me de Fihinha, embora não soubesse exatamente como. Uma pena que tia Lena tenha morrido sem me revelar qual era o ponto fraco de Fihinha. Agora poderia ser uma arma valiosa para me libertar de sua tirania. Mas eu estava cego, sem pista, igual a polícia em busca dos assassinos de Rosa Batista e tinha medo de dormir, dormir e sonhar e ser novamente dominado.

Adotei uma tática que a princípio deu certo, mas acabou se transformando num tiro pela culatra. Para impedir suas aparições, programei meu despertador para soar o alarme a cada vinte minutos. Noites após noites o ruído insistente conseguiu expulsá-la de minha vista, mas também me deixou num estado calamitoso. Vocês não podem imaginar o que é ser acordado mais de vinte vezes por noite, melhor dizer, ouvir o ruído estridente de um despertador, pois raramente eu conseguia conciliar o sono e quando isso acontecia era somente para ser acordado minutos depois. E nos breves momentos de sono, Fihinha atacava:

- Ocê não vai aguentar. Eu espero, bobo.

Para não dormir no ônibus, carregava meu gravador equipado com pequenos fones de ouvido e com a gravação do alarme, desta vez programado para cada cinco minutos, a fim de evitar qualquer cochilo. Em pouco mais de uma semana meu estado se tornou lastimável: os olhos arregalados como os de uma coruja, as olheiras tão grandes como se eu tivesse recebido dois certeiros murros nos olhos.

- O que está acontecendo com você, homem. Vá ao médico enquanto há tempo.

Não fui. Fui levado. Antes de completar a segunda semana desmaiei na minha mesa de trabalho e tive de ser transportado de ambulância para o Hospital Pedro Ernesto. Diagnosticaram estafa aguda e a receita foi sonoterapia. Internaram-me, contra minha vontade que se manifestava apenas através de gestos tímidos, numa clínica de repouso em Jacarepaguá. Fihinha estava me esperando, radiante num vestido que parecia de festa: corpete de tafetá franzido nos ombros, cor turquesa, gola alta, mangas compridas, saia com três babados em gaze branca e no primeiro, como se fosse o toque final, uma orquídea negra, igual à que trazia, também, espetada no ombro direito. Sapatos vermelhos de salto alto e, ao invés das tranças, um enorme coque que tomava sua figura ainda mais esbelta. Seu sorriso carregava a ironia da vencedora:

- Agora nós vamos ter muito tempo para conversar.

Ela sentou-se na cama, segurou minhas mãos com força e acrescentou, seu sorriso se transformando num olhar gélido de decisão:

- Bobo, ocê pensou que podia fugir de mim... Não pode não!

15
PAUSA FILOSÓFICA

Permitam-me esta pausa filosófica porque eu estou que não me aguento. Estão acontecendo muitas coisas inexplicáveis, quero avançar algumas teorias que, pelo menos, me deixem ver um pouco do terreno onde estou pisando sem que me afunde num pântano de incertezas. Estarei ficando emocional? Diabo, prometo ser breve e no capítulo seguinte reinicio a história da Fihinha sem interrupções masturbativo-filosóficas.

Mas é mesmo inacreditável: um sujeito como eu, envolvido com bruxaria e perseguido por uma alma penada que brinca às minhas custas. Logo eu que, quando estou otimista, acredito que a vida não passe de uma aventura da matéria e até arrisco dizer "a maior de suas aventuras"; e, na fase mais puxada para o pessimismo, vou logo berrando que a vida é um ato de irresponsabilidade da matéria; aliás "seu maior ato de desatino". Minha visão do mundo sempre foi por aí, uma crença-crítica de que a vida, ou se quiserem, a manifestação do espírito é dependente da matéria-energia. Mas nesta busca da tal causa primeira (tem de existir uma?) a gente acaba chegando a um beco sem saída e a única solução encontrada até hoje, em praticamente todas as culturas, foi inventar uma entidade suprema - Deus -, capaz de criar a vida e controlar um universo sem fronteiras. Para mim, esta ideia sempre foi mais do que absurda, por mais que soframos com a impossibilidade de responder às questões básicas que nos atormentam: quem somos, de onde viemos, para onde vamos. Enfim, tudo isso para dizer que nunca fui grilado com misticismos, nunca me interessei por ocultismos, cabala, bruxaria e outras encucações da mesma espécie, embora reconhecendo que existem muitas forças paranormais atuando no mundo dito natural, captado pelos nossos sentidos.

E, então, de repente, cá estou eu obcecado pela Fihinha, morta há oitenta anos, deixando-me ser transformado num assassino, num desvairado. Explicação não tenho para o que está acontecendo e, talvez, se tivesse, já saberia a fórmula de me livrar da ditadora. Li livros de xamanismo; reli as loucuras do Castañeda; até passei os olhos na xaropada do Paulo Coelho; fui ver o que o Alan Kardec tinha a dizer; busquei inspiração no Vedas dos hindus; penei com a leitura de um texto em inglês do Corpus Hermeticum; segui a trilha chinesa em busca do elixir da longa vida; pesquisei uma extensa bibliografia sobre o Tao-te Ching; perdi-me nos 64 hexagramas sem divisar nenhuma divindade; mergulhei na miragem árabe da pedra filosofal; revi a Bíblia; discuti longamente com uns amigos judeus sobre a cabala e a Torá; li o Corão e fui até em busca do Nirvana do Budismo; virei rato de biblioteca, freguês certo da estante das religiões, das bruxarias e dos ocultismos. E nada. Nenhuma luz. Nada. Sobretudo, até agora, nenhuma indicação sobre o que é, no momento, a minha maior obsessão: encontrar o ponto fraco da Fihinha, seu calcanhar de Aquiles.

Mas nem por isso deixei de desenvolver uma hipótese por minha conta, numa tentativa de deixar meu espírito em paz com as coisas que estão acontecendo. E, para isto, inspirei-me na tecnologia dos computadores. Vai por aí: o software da Fihinha, quer dizer, seu programa de vida, não foi inteiramente destruído quando o Juca Trindade arrebentou com um tiro de espingarda seu hardware. Por um processo que não sei explicar, utilizando um interface que escapa totalmente à minha compreensão, o software da Fihinha ficou gravado na janela. Por que a janela, vocês hão de perguntar. E eu não sei por quê. Mas só pode ter sido mesmo na janela e vocês talvez concordem comigo, depois que eu contar um episódio que ainda não revelei.

Na minha fase das entrevistas, quando andava como um doido, de gravador a tiracolo, entrevistando a Deus e todo mundo, estive de visita à sede antiga de Capim Alto, pouco antes de sua demolição. Fui atraído pela janela maldita, e este "atraído", entenda-se, no sentido literal. A ferrugem tinha feito seu trabalho, o cadeado desintegrou-se e o janelão podia, novamente, ser aberto de par em par, bastando soltar a trave de madeira que Flúvio mandara fazer. Pois soltei a trave, escancarei o janelão e debrucei-me, melhor, deixei-me cair, os braços e a cabeça pendidos. Isto mesmo, fiquei pendido como se tivesse levado um tiro. Senti uma zonzeira, creio mesmo ter perdido os sentidos. Não sei quanto tempo isto durou. Fui chamado à realidade pela buzina insistente da camionete de meu tio Flúvio, porque estava escurecendo e era hora de voltar a Santo Antônio das Tabocas. Ainda zonzo, sentindo um formigar na cabeça, as pernas bambas, mal consegui chegar até a camionete.

- Aconteceu alguma coisa? Ocê tá parecendo um boneco de cera.

- Não é nada não, tio. Acho que ontem a janta não me caiu bem.

De volta a Santo Antônio das Tabocas tentei ouvir as entrevistas que havia gravado e, para minha surpresa, o que escutei foi um ruído estranho, um chiado com tonalidades diferentes. As entrevistas que tinham sido perfeitamente gravadas estavam irremediavelmente destruídas, substituídas pelo mesmo zumbido que martelou minha cabeça durante horas após eu ter deixado a janela maldita. Chateado por ter perdido tanto trabalho, fui dormir e, então, nesta mesma noite, tive o primeiro sonho com Fihinha. Pensei, inicialmente, que tudo não passara de uma coincidência, que o sonho não estivesse diretamente relacionado com o incidente na janela. Muito tempo depois, quando a frequência das aparições de Fihinha reduziu um pouco o meu temor e pude recuperar as cordas vocais, eu tive coragem de lhe perguntar por que ela tinha permitido a Flúvio a demolição do casarão de Capim Alto. Fiz até um comentário:

- Você não quer ser mais lembrada, foi por isso que autorizou a demolição?

Como era de seu feitio ela deu uma risada, colocou as mãos sobre meus ombros e falou baixinho no meu ouvido:

- Bobo. Pra que o casarão? Agora ocê é minha janela.

16
CONFRONTO

    Mergulhei num sono de quinze dias na clínica de Jacarepaguá. E quem dorme, sonha. Fihinha não perdeu um segundo e instalou-se no meu quarto com malas e bagagem. Literalmente. Reservou para ela mais da metade do guarda-roupa; no centro do quarto colocou uma penteadeira com um enorme espelho redondo e, ao lado, uma cama, que me pareceu ser a reprodução exata de seu catre em Capim Alto. Brincou:

    - Não vamos passar o tempo todo conversando, eu também preciso dormir, viu!

    Diante da penteadeira, onde se sentou na cadeira de palhinha, Fihinha pareceu-me insatisfeita com seu visual. Comentou na maior displicência:

    - Nunca consegui fazer minhas tranças direito. Vou chamar a Felícia.

    - Chamar quem?

    - A Felícia - virou-se e gritou - Felícia, vem cá, vem fazer minhas tranças!

    Senti uma tremura, o mesmo pavor que tomara conta de mim da primeira vez que Fihinha apareceu. Submissa, minha mãe, ainda menina, entrou no quarto e começou a fazer, lentamente, as tranças da irmã.

- Olha lá, Felícia, esse aí vai ser seu filho. Perdeu a voz. Diga a ele que a gente não morde.

O pavor foi maior quando minha mãe olhou-me de frente, mas havia tanta ternura em seu olhar que, aos poucos, fui me relaxando. Ela sorriu, um sorriso que manifestava a satisfação de me ver. Pareceu-me que ela tentou dizer qualquer coisa, mas a voz não saiu. O que eu ouvi foi a gargalhada de Fihinha, seguida de seu comentário:

- Pronto, agora temos dois afônicos. Tal mãe, tal filho. Ocê termina de fazer as tranças e vai embora, eu tenho muita coisa pra conversar com seu Tutuquinha.

Quis gritar, dizer para minha mãe não sair, para não obedecer à tirana de sua irmã, explicar-lhe que Fihinha não era o anjo que ela pensava, estendi minhas mãos como uma criança que procura o afago da mãe. Fihinha irritou-se:

- Vá embora, Felícia. Credo, pieguice tem limite!

Minha mãe saiu, de cabeça baixa. Fui tomado de uma raiva imensa que, pelo menos, teve o dom de liberar minhas cordas vocais. Gritei, insultei:

- Tirana, dondoquinha mimada!

- Ficou ofendido, Tutuquinha! Agora eu vou lhe chamar de Tutuquinha, tá bom? Sua mãe é boa só de trança e neste jogo ela não entra. Ela nunca gostou de jogar mesmo. Mas você gosta, não gosta? Vamos lá, Tutuquinha da mamãe, ocê não queria me entrevistar? Entrevista, agora que ocê sabe até gritar.

- Pois está bem. Qual é o seu ponto fraco?

- É, bebê, mamã na gata ocê não qué.

- Diga!

- Isto é a mesma coisa de perguntar ao adversário quais são suas cartas.

- Onde está a tia Lena? Ela sabe e eu vou lhe perguntar.

- Sua titia Lena morreu, ocê não sabe?

- Você também está morta. Você não passa de um sonho, uma ilusão. Chame a tia Lena, eu quero conversar com ela.

- Naquela porta ali, oh, só entra quem eu deixar. Quer tentar, chame pra ver se ela vem.

Gritei:

- Tia Lena, vem cá!

Para minha surpresa, Tia Lena apareceu na porta, mas não conseguiu penetrar no quarto, como se uma força magnética impedisse sua entrada. Insisti:

- Entre, tia Lena, não faça caso desta tirana, desta dondoquinha mimada. Faça um esforço e entre.

Impossível. A barreira parecia mesmo intransponível. Apelei:

- Então diga daí mesmo, qual é o ponto fraco da Filhinha?

Ví que ela tentava dizer alguma coisa, mas a porta bateu violentamente, deixando-a do outro lado. Fihinha estava eufórica:

- Que bão. O jogo tá ficando divertido... O Tutuquinha me chamou pra briga!

***

Senti, de repente, um enfraquecimento horrível. Creio que a exata sensação de estar morrendo, pois parecia que meus sentidos se apagavam; a figura de Fihinha embaçou-se, ficou inteiramente fora de foco, mas eu a ouvi dizer num tom de voz bem baixo, com a nítida intenção de me acalmar:

- Quieto. Relaxe um pouco, senão estes bobocas acabam com a nossa festa.

De fato, no outro mundo que não era o de Fihinha, dois médicos e três enfermeiras estavam ao lado de minha cama, mais agitados do que eu, pois não podiam explicar por que meu coração batia a 130 por minuto enquanto dormia. Injetaram-me nas veias - e não foi a última vez no tempo em que estive na Clínica - uma dose de calmante que, daquela vez, quase me despachou, inteiro e definitivamente, para o mundo da tirana. Não sei se foi por atender ao conselho de Fihinha ou se foi o efeito da dose cavalar de calmante, mas eu consegui, por fim, reconquistar meus sentidos; dominei minha taquicardia. Fihinha deitou-se em seu catre, fechou os olhos e disse:

- Agora ocê vai descansar. Ocê precisa recuperar as forças porque a partida apenas começou. Durma.

***

Não sei quanto tempo pude gozar de tanta paz, de um sono total. Fui acordado pela Fihinha, se é que podemos utilizar este termo. Ela me puxava pelo braço com insistência:

- Vem, nós vamos viajar. Vem.
- Viajar? Viajar para onde?
- Vem. Deixe as perguntas para depois.

Ao me levantar, senti que o quarto girava em aceleração crescente até não ser mais possível definir nada em minha volta, como se estivesse dentro de um redemoinho. Fihinha continuou segurando meu braço, a aceleração foi diminuindo e, por fim, tudo ficou inerte. Mas eu não estava mais em meu quarto e, sim, na sala de jogo do casarão de Capim Alto. Anoitecia. Fihinha correu para a janela da tragédia e lá ficou em estado contemplativo, apoiada sobre os cotovelos. Chamou-me:

- Vem cá pro meu lado, Tutuquinha. Vamos conversar.

Quis resistir, irritava-me ser chamado de Tutuquinha; minha vontade era não satisfazer mais nenhum de seus pedidos, nenhuma de suas ordens. Ela deve ter lido meus pensamentos.

- Bobo, vem cá. É melhor pra sua entrevista.

Aproximei-me e também apoiei meu queixo na mão direita.

- Pode começar a perguntar. Vamos aproveitar enquanto tá tudo calmo, daqui a pouco começa a jogatina e ninguém pode conversar com tanta fuzarca. Ocê não trouxe aquele trem de gravar?

Surpreendido, sem saber por onde começar a entrevista, perguntei-lhe a primeira coisa que me veio à cabeça:

-Você morreu virgem?

- É, o Juca arrebentou meu coração da maneira errada.
- Morreu ou não morreu?

- Quanto mau humor, meu Deus. Você se preocupa demais com esta história de morrer. Mas já que ocê acha tão importante... Morri.

- Nem beijar. Na boca. Beijo de língua?

- Se a Felícia ouvir isto ela vai ralhar com ocê. Um dia que eu tava com vontade, eu puxei o Eduardinho para dentro de meu quarto - no tempo em que era namorado da Celma - e disse: "me beija que eu quero ver como é". Aí ele beijou, na boca, mas eu acho que ele não sabia desta história de língua.

- E depois?

- Uai, depois nada. Ele tinha medo de mim. Com a Celma era mais seguro.

- Depois, eu quero dizer, outros namorados? Todo mundo dizia que você atraía os olhares de todos os rapazes de Santo Antônio das Tabocas ...

- É, eu atraía. O problema é que eles não me atraíam. Uns bobocas, tinham medo de mim. Mas quer saber de uma coisa? Ainda estou com vontade de provar o tal de sexo. Talvez você possa me ajudar.

- Ajudar como?

- Ué, ocê me empresta seu corpo.

- Você está doida: eu sou homem; você é mulher...

- E daí. Eu provo de um jeito e depois invento uma maneira de provar do outro.

- Comigo, não!

- Ocê é mesmo um tutuquinha, o Tutuquinha da Felícia!

Nossa discussão foi interrompida pelo ruído de passos no corredor, o tocar macio do solado de borracha de botas no assoalho. Fihinha deu um suspiro e comentou:

- Pai Amadeu é igual relógio. Sempre à mesma hora.

De fato, foi meu avô quem entrou de mansinho, subiu numa cadeira e foi acender o lampião de tela que se encontrava dependurado bem no centro da sala. Meticuloso, aparentemente sem dar por nossa presença, primeiro ele retirou o vidro protetor e o colocou em cima da mesa. Voltou a subir na cadeira e acendeu a vela com seu isqueiro. Recolocou o vidro e já ia saindo sem se dar por nossa presença. Perguntei a Fihinha:

- Ele não pode nos ver?

- Claro que pode, ele não é cego. Pai Amadeu, olha aqui o Tutuquinha da Felícia.

Meu avô se voltou, olhou naturalmente e disse:

- Olá, ocê tá bem, meu filho?

E se foi com seus passos macios pelo corredor.

- Ele não se assustou, como pode? Ele nem sabe que eu existo, sou para ele um estranho completo e ele me cumprimenta como se minha presença fosse a coisa mais natural do mundo. Que negócio é esse, Fihinha?

- Tutuquinha, é no seu mundo que as pessoas vivem assustadas com qualquer besteirinha. No meu mundo é tudo diferente.

Dessa vez nossa conversa foi interrompida pelo arrastar de chinelas. Dona Adelaide entrou na sala com o baralho na mão. Olhou para mesa, fez pose de contrariada e gritou:

- Felícia, traz o forro da mesa e os tentos.

Instantes depois entrou uma adolescente, não mais que um metro e meio de estatura. Debaixo do braço esquerdo trazia um cobertor bege claro e, na mão direita, uma caixa com os tentos que eram, na verdade, bagos de feijão barrigudinho. Ela entregou a caixa à dona Adelaide, de cabeça baixa, como se aquilo fosse coisa ruim. Em seguida, ainda de cabeça baixa, estendeu o cobertor sobre a mesa e saiu murmurando, baixinho, uma oração.

Dona Adelaide a fitou com o rabo do olho e murmurou:

- Rezar é bão, mas esta menina reza tanto que tá ficando com os miolos moles, - olhou para o nosso lado, franziu a testa e perguntou - Que trem é este aí?

- É o Tutuca da Felícia, mãe.

- É, tem jeito mesmo de ser.

Dona Adelaide sentou-se à cabeceira da mesa e, enquanto embaralhava as cartas, voltou-se para nossa direção e disse:

- Vem cá, Fihinha, senta do meu lado pra dá sorte. Hoje eu quero pelar o Francisquinho. Mas manda esse filhote de assombração ir embora, que eu acho que ele dá azar.

Fihinha sorriu e disse:

- Vá embora, Tutuquinha. Vá dormir. Ocê não quer dormir? Outro dia eu deixo ocê vê uma partida de truque.

Respondi mal-humorado:

- Não estou interessado no jogo. Onde está tia Lena? Eu quero conversar com ela.

- Tia Lena morreu. Vá embora que eu estou mandando.

Outra vez ouvi o zumbido nos ouvidos, a sala rodou e eu me vi novamente no quarto da Clínica de Repouso de Jacarepaguá. Não sei quanto tempo desfrutei de um sono profundo; acordei com o ruído de um despertador antigo, daqueles de dar corda. Fihinha estava ao meu lado.

- Te sacudi de tudo que foi jeito e ocê não acordou. Precisei ligar este trem procê acordar.

- Deixe-me em paz, deixe-me dormir, Fihinha.

- Ocê dormiu muito. Venha que eu tenho um segredo pra te contar. Ocê não gosta de segredo? Venha!

Ela me puxou pelo braço e desta vez eu fui sem oferecer qualquer resistência, ansioso para saber qual era o segredo.

17
O SEGREDO

  Fihinha me puxava pelo braço, enquanto eu ia repetindo a mesma pergunta como se fosse uma vitrola escangalhada:
  - Que segredo? Conte, conte. Que segredo?
  - Calma, Tutuquinha. Calma, que temos muito tempo!
  Outra vez ouvi o zumbido dentro de meus ouvidos e a sensação de que tudo girava ao meu redor. Em pouco tempo me vi sozinho na rua de uma pequena cidade, que eu sabia ser Santo Antônio das Tabocas. Mas não a cidade em que eu nasci e me criei. Era a outra que eu só conhecia de ouvir contar, Santo Antônio das Tabocas do início do século, ruas esburacadas, cheias de sulcos deixados pelas carroças e os carros de boi. Olhei em volta para ver se Fihinha se encontrava por perto. Não estava; deixara-me só, perdido naquele mundo que não era meu, passeando trôpego por uma rua onde eu não podia encontrar nenhum ponto de referência. Ouvi um bater de sino; examinei o relógio: seis horas da tarde. O crepúsculo me envolvia como um manto negro; gelei-me ao ver passar ao lado um sujeito corcunda, arrastando uma perna, cumprimentou-me com um aceno de cabeça e foi acender uma lanterna a óleo instalada num poste da esquina mais próxima. O corcunda trazia consigo uma enorme vara com uma tocha na ponta. Ele seguiu adiante para se perder na escuri-

dão que, em pouco tempo, tomou conta da cidade numa noite carregada de nuvens, sem lua, sem estrelas. Sem saber o que fazer, parei, encostando-me no muro de uma casa. Uns dez minutos depois vi, ao longe, outro ponto que se iluminava na rua deserta, com certeza mais uma das poucas lanternas que o corcunda acabara de acender. Trovejou ao longe, a atmosfera estava carregada, prenunciando tempestade. Com o medo chegando às portas do pânico, fiz a única coisa que podia fazer. Gritei:

- Fihinha, tire-me daqui!

A resposta foi o eco de minha voz. Senti o primeiro respingo; em seguida, gotas grossas, consistentes. Relâmpagos cortavam o céu e os trovões, antes longínquos, se tornaram explosões que faziam o solo tremer aos meus pés. Desabou um aguaceiro que me deixou molhado até os ossos. Sentia frio, tremia como vara verde, quando ouvi uma voz de mulher me chamando:

- Moço, entra aqui. É perigoso ficar do lado de fora com tanto corisco. Deus me livre, proteja e guarde.

Distingui a silhueta da moça iluminada pela luz de uma lamparina na porta entreaberta. Nos clarões dos relâmpagos eu pude identificar uma criatura de beleza excepcional. Mas estava cansado de surpresas; preferi continuar paralisado na chuva até sentir um empurrão nas costas e uma voz conhecida berrando em meus ouvidos:

- Entra, seu besta!

Entrei quase catando cavaco. A moça fechou a porta com dificuldade, tamanha era a força do vento que apagou a lamparina. Entre um clarão e outro dos relâmpagos eu a vi tentando acender a lamparina utilizando um tosco isqueiro de pedra. Por fim, quando ela conseguiu, ao cabo de várias tentativas, pude examinar melhor sua fisionomia. Sua beleza não desmentiu a primeira impressão: morena, cabelos e olhos negros, lábios carnudos, o corpo modelado como se fosse um violão e os seios, mesmo com a roupa pesada que vestia, pareciam duros e bem feitos. Fiquei um bom tempo examinando-a, agradecendo aos relâmpagos que me permitiam admirá-la.

- Senta, moço. Vou buscar uma toalha procê.

A Janela

Acomodei-me desajeitado na cadeira que se encontrava ao meu lado e ela já estava de volta com uma toalha felpuda. Enxuguei minha cabeça e agradeci.

- Vou fazer um café quente procê, moço.
- Não é preciso. Só quero ficar aqui até que a chuva passe, não se preocupe.
- Pode ficar o tempo que quiser. Vou fazer o café. Ocê precisa tomar um trem quente, senão adoece.

Enquanto ela entrava para a cozinha eu ouvi um ranger de porta. Pensei que era o vento, mas não era. Era Fihinha, a cara lampeira de sempre. Sentou-se ao meu lado, sua roupa branca molhada deixando ver perfeitamente os contornos de seu corpo, como se estivesse ali para competir em beleza com a moça da casa.

- E então?
- Então, o quê?
- A moça? O que ocê acha?
- Muito simpática e prestativa.
- Muito simpática e prestativa. Tutuquinha sem-vergonha, ocê sabe que não é isso que eu tô perguntando. Quero saber se ocê acha que ela é boa pra - como é que ocê diz? - ah, boa pra trepar; no meu tempo se dizia rosetar. Ela tá aqui sozinha. É toda sua, Tutuquinha, e a cama tá quentinha. Tome o café e mãos à obra. Ela tá com vontade, também. É só ocê cutucar um pouquinho!
- Fihinha!
- Fihinha! Deixa de frescura. Vou ficar escondida no quarto pra ver se ocê sabe fazer o trem direito. Beba o café e não perca tempo.

O café estava quente e, sobretudo, muito doce. Quando terminei de tomá-lo, senti que não podia controlar meus impulsos. A cada relâmpago parecia que a moça se desnudava à minha frente. Saltei sobre ela, tentando tocar seus seios, suas nádegas, enquanto a empurrava para o quarto e beijava-lhe a boca.

- Não faça isto comigo, moço... Não faça! Sou virgem, meu pai me mata se ocê fizer isso comigo!

Derrubei-a sobre a cama, arranquei seu vestido, rasgando-o. Puxei com violência sua anágua, deixando-a nua e paralisada pelo medo. Ouvi as palmas de Fihinha e sua voz de deboche:

- Tutuquinha, quanta fúria! Agora ocê precisa acalmar a moça. Quero ver se ocê sabe. Não demore muito não, viu! Tem de ser antes que seu pai volte pra casa. É o corcunda acendedor das lanternas. Quando a chuva passar, ele volta.

- Malvada, tire-me daqui! Não me obrigue a cometer mais um crime!

- Eu? Não obrigo ninguém, não. É ocê que tá aí doidão.

O corpo da moça tremia todo. Abracei-a, desta vez com ternura, afagando seus cabelos, beijando-lhe o rosto, as orelhas, depois seu corpo inteiro. Ouvi-a gemer de medo, mas também de prazer, senti que as pontas de seus seios estavam duras e quando toquei com as mãos em seu sexo, percebi que estava molhado. Aos poucos ela cedeu, entregou-se toda.

- Ocê é um gênio, Tutuquinha!

Penetrei-a sem muita dificuldade; ela fez apenas um "ai", mais de satisfação do que de dor quando seu hímen foi rompido. Deitei-me de costas com a respiração ofegante do macho satisfeito. Permanecemos calados por um longo tempo e quando a moça, por fim falou, sua voz saiu magoada, do fundo de suas entranhas:

- Ocê me desgraçou!

- Tutuquinha, não fique aí ouvindo lamúrias. Foi uma ótima lição, agora eu sei como é que é. Veste a roupa e vai embora. A chuva já passou e o corcunda vem aí.

- Desalmada!

Saí desembestado pela rua, vestindo ainda a camisa e ouvindo a sonora e demorada gargalhada de Fihinha..

**

- Fihinha, você é malvada e desonesta! Mentiu! Disse que tinha um segredo pra me contar e, ao invés disso, induziu-me a praticar um estupro. Agora sou assassino e estuprador, por sua culpa. Sua culpa!

A Janela

-Tutuquinha, ninguém obriga ninguém a fazer as coisas. Ocê fez porque queria fazer! Se eu tô até morta (gargalhou), como é que vou lhe obrigar a fazer estes trens doidos que ocê tá fazendo? No fundo, todo mundo é senhor de si.

- Perversa, mentirosa, cínica!

- Pare de lamúrias, Tutuquinha. Ocê fez porque quis, ouviu? É muito fácil colocar a culpa dos desatinos próprios nos outros. Não venha dizer que, antes de me acordar, ocê não vivia querendo fazer estes trens todos que ficam rodando na sua cabeça. Ocê fez com a moça o que sempre teve vontade de fazer, o que sempre sonhou, seu bobão. Ocê é minha janela e eu sou sua porta, onde ocê pode entrar pra fazer tudo que ocê tem vontade de fazer, sem ficar remoendo remorsos e aquelas bobagens todas que a Felícia meteu na sua cabeça. Ocê fez porque quis, Tutuquinha. Não fique aí com esta cara de santinho, do Tutuquinha da Felícia. Tenho uma ojeriza danada disso, viu! Ocê matou a Rosa porque a ideia do assassínio sempre o fascinou; ocê estuprou a moça porque sempre sonhou com isso. No seu mundo ocê é um cavalo amansado; no meu, depois que ocê entrou por minha porta, ocê virou um alazão bravo, que nunca conheceu cabresto, que galopa para onde quer!

- Palavras, palavras... Digo e repito: você é malvada e mentirosa!

- Eu não menti não, Tutuquinha. O segredo que eu queria lhe contar está aí, na página 77.

Ela estendeu-me o livro *Santo Antônio das Tabocas - História de Nossa Gente* - de José Salgado Batista. Fui direto à página 77. O título do capítulo já foi suficiente para arrepiar meus cabelos.

CHICO CORCUNDA E SUA FILHA ISABEL

Das muitas histórias de nossa cidade, uma das mais estranhas e trágicas é aquela do Chico Corcunda e sua filha Isabel, desgraçada por um forasteiro numa noite de tempestade.

O Chico foi um dos sujeitos mais feios da cidade, corcunda de fazer inveja ao de Notre Dame. Mulato desdentado, zarolho, manco - a perna direita era dois centímetros maior do que a esquerda - e a corcunda maior do que cupim de boi zebu, comparável a cocorote de dromedário. Vivia só com a filha, nascida de uma ligação com uma prostituta chamada Berenice. Quando a menina nasceu, a mãe, temendo que ela ficasse feia e corcunda como o pai, colocou-a dentro de uma cesta e a deixou na porta da casa do Chico, que a criou com zelo e carinho. Enganou-se a Berenice: a menina Isabel tornou-se cada vez mais formosa à medida que o tempo ia passando. Dizia-se que ela foi a moça mais bela de Santo Antônio das Tabocas, uma beleza só comparável à da enteada de Amadeu Trindade, filha de sua segunda mulher, dona Adelaide, a já citada Maria Amélia, conhecida por Fihinha, assassinada ao vinte e um anos com um tiro no peito. A diferença das duas é que Isabel vivia metida no casebre do pai, trabalhando sem parar; foi costureira de mão cheia, enquanto a outra era mimada pela mãe e, dizem, mais ainda pelo padrasto.

O corcunda tinha pela filha um ciúme doentio. A pobrezinha só saía de casa para ir à missa com seus vestidos de manga comprida e gola alta que ela mesma costurava. E não deixava de usar o véu, comungava quase todos os dias. Chico Corcunda temia que a filha, pela força do sangue, pudesse seguir o exemplo da mãe e virasse mulher da vida. Ela era, por isso, proibida de qualquer contato com rapazes e nem tinha amigas, forçada a viver enclausurada dentro de casa, costurando, lavando, passando.

Ninguém nunca soube o nome da pessoa que a violentou na noite de tempestade. Soube-se que o forasteiro, que fora visto momentos antes vestindo roupas estranhas para a época, foi convidado a entrar em sua casa para se abrigar da chuva - um dos maiores aguaceiros de que se tem notícia na história de Santo Antônio das Tabocas. E a gratidão do forasteiro foi assaltar a pobre vítima, que só queria fazer-lhe o bem. Desapareceu sem deixar traço; nunca se soube de onde veio e para onde foi.

A Janela

Quando Chico Corcunda a encontrou, ela ainda estava prostrada sobre o leito, junto à nódoa de sangue de seu hímen. Nunca se ouviu o grito de um pai tão sentido, tão cheio de dor, enquanto batia em sua corcunda e vociferava mil pragas contra o malagradecido que violentara sua filha. Quando os vizinhos chegaram, atraídos pela gritaria, já era tarde demais. Chico Corcunda armou-se de um facão e gritando "me perdoe, fia, mas muié da vida ocê não vai ser", cortou a cabeça de Isabel, desfechando em seguida a lâmina contra seu ventre. Os dois morreram na hora e, até hoje, ainda não se sabe se o forasteiro foi atingido pelas pragas rogadas pelo Chico Corcunda.

Ainda estava arrepiado quando terminei a leitura, tentando evitar o olhar e o sorriso de deboche de Fihinha.

-Não tenha medo, Tutuquinha, praga de Corcunda não pega em quem entra na porta da Fihinha. Fique tranquilo.

- Tranquilo? Você me manipulou para mais uma de suas vinganças.

- Quanto melodrama, parecendo a história da cigana enganada, que eu vi lá no teatro do Circo do Barbudo! Foi bom pra ela, Tutuquinha. Ela não sentiu dor nenhuma quando perdeu a cabeça e só sentiu prazer quando ocê fez aquilo com ela. Olha só, ela tá sendo lembrada até hoje! Se não fosse por você, sua memória já teria desaparecido, mais uma pobre coitada atolada no anonimato da servidão. Ocê não desgraçou ela não. Ocê lhe deu um momento de prazer que ela nunca ia ter.

- Perversa, cínica, imoral! Ponha-me para fora de seu mundo devasso e feche esta maldita porta, por onde eu nunca deveria ter entrado. Guarde o seu segredo, que não me interessa mais.

- Agora o mentiroso é ocê. O meu mundo, Tutuquinha, é também o seu. Agora vai ser muito difícil encontrar o caminho de volta. E sabe de uma coisa, Tutuquinha, ocê não quer voltar, não.

Fihinha afastou-se sorrindo e deitou-se em seu catre. Apagou a luz e disse bocejando:
- Vamos dormir, Tutuquinha.

18
SURPRESA

Com o cansaço em que me encontrava, nem o peso de um estupro na contabilidade da consciência foi suficiente para me roubar o sono. Apaguei, como se eu fosse uma lâmpada e alguém tivesse tocado o interruptor. Acordei com um toque leve em meus ombros. Abri os olhos com dificuldade e, naquela modorra entre o estar dormindo e acordado, vi uma moça ao lado da cama. Era bem bonita, apesar de algumas marcas no rosto. Antes que eu falasse, ela levou o dedo à boca pedindo silêncio. Falou bem baixinho:

- Quando ela vier ocê mostra esta rosa pra ela.

Ela deixou a flor, uma rosa inteiramente aberta e de um vermelho intenso, sobre o armarinho ao lado de minha cama e se retirou pé ante pé. Com muito cuidado, abriu a porta e desapareceu no imenso corredor da casa de repouso. Voltei a dormir, pois o cansaço ainda não tinha passado. Acordei com a risada de Fihinha, mas uma risada diferente, marcada com um nítido toque de rancor. Olhei para o armarinho em busca da rosa, mas não a encontrei. A flor estava no chão, seca e cinzenta, como se tivesse sido exposta ao sol durante dias a fio.

- Ah, então a Lena veio aqui, sorrateira?
- Tia Lena?

- Ah, ocê não a reconheceu. Claro, ocê só conheceu sua tia Lena decadente, pulmão estragado, muxibenta, pedindo cova. Ocê não viu as marcas de bexiga na cara dela?

- O que você fez com minha rosa?

- Aquela boboca acha que eu ainda tenho medo de rosa vermelha... Foi-se o tempo que ela tirava minha concentração no olho-com-olho com esta porcaria de flor. Não, Tutuquinha, a rosa não é mais meu ponto fraco, eu aprendi a conviver com a rosa, com esta rosa aqui, Tutuquinha.

Fihinha rodopiou sobre seu corpo e mostrou o rombo que deixara, ao sair em suas costas, o balaço de ouro e prata disparado por Juca Trindade. Era uma perfeita rosa de carne e sangue.

- A boba da Lena, pensando que a gente tá no tempo do olho-com-olho. Nosso jogo, Tutuquinha, é muito mais complicado e ocê vai é perder, porque eu é que não vou.

Permaneci paralisado, perplexo, sem saber o que dizer durante muito tempo. Fihinha continuou provocando:

- Perdeu a língua, Tutuquinha? Ocê não queria tanto descobrir por que a Lena ganhava no olho-com-olho? Pois agora ocê sabe. Pena que não adianta mais, né? Olha aqui de novo, minha rosa; passe a mão, mele seus dedos no meu sangue, ainda está fresquinho, ah, ah, ah...

O rancor continuava presente em sua gargalhada. Por mais que falasse, estava evidente que a visão da rosa a irritara. Com oitenta anos de morte nas costas, Fihinha não era nada diferente da menina mimada, que não gostava de ser desafiada. Comportava-se como um animal defendendo seu território e tia Lena havia invadido seu mundo. Por fim, falei:

- Por que ocê odeia tanto a tia Lena?

- Que é isso, Tutuquinha. Não odeio, não. Ela é minha irmã, uai! Mas quando a gente joga é melhor não deixar nenhuma brecha para que o adversário ataque. E este jogo não é por nada. Eu sei aonde quero chegar.

- Aonde? Se é no inferno, já chegou.

A Janela

- Ocê quer ou não quer ser meu parceiro no jogo? Se ocê disser que sim, eu mostro minhas cartas agora; senão, ocê vai ter de esperar.

- Parceiro eu já sou, malvada, parceiro no crime!

- Meu Deus, começou de novo! Outro ataque de falsa misericórdia, de quem faz e não assume as responsabilidades. Desse jeito, Tutuquinha, ocê não pode ser meu parceiro e eu não mostro minhas cartas

- Fique com suas cartas e sua crueldade. Mas deixe-me em paz.

- A paz, Tutuca, ocê tem de ganhar, de mão beijada ocê não vai ter nunca, viu?

- Eu vou embora daqui. Não quero vê-la mais. Eu vou embora!

- Vai como?

- Abro aquela porta e desapareço. A tia Lena saiu, eu também saio.

- Abre. Vai lá e abre, eu quero ver!

Corri, abri a porta com força, deixando Fihinha com as mãos nas cadeiras em atitude desafiadora. Saí certo de que me encontraria no corredor da Casa de Repouso, mas me vi na Praça da Bica de Santo Antônio das Tabocas. Deveria ser meio-dia, o sol brilhava intenso num céu azul onde não se via uma única nuvem. As poucas pessoas que iam e vinham, na modorra exigida pelo calor, pareciam não estranhar minha figura grotesca metida num pijama de hospital. O ar estava impregnado do odor de estrume de cavalo, enquanto no céu, muito alto, alguns urubus esquadrinhavam os pastos em busca de carniça. Decidi que permaneceria como observador: acontecesse o que acontecesse, eu não me deixaria envolver com quem quer que fosse naquele mundo que não era o meu. Talvez fosse minha melhor carta para enfrentar Fihinha.

*

Sentei-me num banco de madeira à sombra de uma árvore e por ali permaneci por mais de meia hora, como se estivesse assistindo a um filme: eu ali, imóvel, e as imagens do outro lado - universos diferentes. Um rapaz de seus vinte e poucos anos aproximou-se da bica, lavou o rosto na água corrente e afrouxou a cinta do arreio para que seu cavalo pudesse beber no cocho de madeira, onde caía a água pelo pequeno orifício do cano de bambu. Parecia vir de longe; o cansaço estampado no rosto, o suor escorria copioso pela barriga do cavalo, o baixeiro, via-se, estava inteiramente molhado. O moço olhou para os lados demonstrando não saber para onde ir. Caminhou, por fim, em minha direção, puxando o seu cavalo e perguntou:

- Bom dia pro senhor. Eu não sou daqui não, sabe? Tô à procura da fazenda Capim Alto. O senhor sabe pra que banda ela fica?

Mais um truque de Fihinha. A fisionomia do jovem casava-se perfeitamente com uma antiga foto de solteiro de meu pai. O bom senso me mandava continuar em minha pose de observador. Quis simplesmente desconhecer a pergunta, fazer de conta que não estava ali, embora assaltado pela curiosidade que me insinuava mil perguntas. Com certeza ele estava indo para aquele primeiro encontro com meu avô, enquanto minha mãe nascia entre os gritos e os xingamentos de dona Adelaide. Não tinha sentido, não havia lógica, pelo menos a lógica a que eu estava acostumado. Respondi seco, evitando qualquer envolvimento, mas quase sem conseguir conter a emoção que ia por dentro:

- Não sei não. Você é apenas uma miragem e eu estou aqui só pra observar.

O moço, sem entender o que tinha ouvido, montou em seu cavalo, que saiu trotando pela rua quase deserta. Uma menina de uns sete anos sentou-se ao meu lado. Eu a vi apenas de soslaio, determinado que estava em não me envolver com ninguém. Ela, entretanto, pediu conversa:

- Cumé que ocê veio parar aqui?

Não respondi.

- Moço bobo sem língua.

A Janela

Virei-me e dei de frente com dois olhos cinza de puro deboche. Tive vontade de esbofeteá-la, mas me contive. Ela saiu saltitando e gritando:

- Moço bobo sem língua, perdido na Praça da Bica!

Levantei-me. Eu tinha de voltar para meu quarto na Casa de Repouso, mas não conseguia ver a porta de onde saíra. Estava mesmo perdido na Praça da Bica de Santo Antônio das Tabocas. Senti, atormentado, que para voltar teria de pagar um preço, que teria de me envolver novamente e satisfazer mais um capricho da bruxa de tranças - ela me queria como personagem e não como mero espectador.

***

Sem saber o que fazer, para onde ir, sentei-me novamente no banco. Um sono profundo veio chegando na monotonia da praça ensolarada. Quando acordei, o sol estava bem mais baixo, quase à altura das taperas que se erguiam não longe da praça. Senti-me diferente, peludo. Alguém fazia afagos em minha cabeça. Tentei saltar do banco; mãos firmes, porém, me prendiam. Olhei assustado e vi a menina de tranças em proporções gigantescas, segurando-me com determinação. Quis falar, mas o que saiu foi um latido. A menina sorriu e disse, enquanto continuava alisando minha cabeça:

- Fique quieto, Tutuquinha. Fique quieto.

Ela se levantou, comigo em seus braços, e atravessou resoluta a Praça da Bica, caminhando em direção à casa que eu pressentia ser a de meu avô. Entrou pela cozinha, saltitando, mostrou a língua para a preta velha que mexia com a colher de pau um tacho de doce de leite no fogão de lenha e entrou no corredor que dava para os quartos e a sala. Dona Adelaide estava em sua cadeira de balanço, fumando sem parar seu fedido cigarro de palha.

- O que ocê tá fazendo com este bicho feio na mão, minha Fihinha?

- É o Tutuquinha, mãe. A senhora não se lembra que eu prometi um totó cabeludo igual a este para a dona Maricota?

- Sabe lá Deus o que aquela desavergonhada quer fazer com este cachorro feio. Leva este bicho daqui, credo!

Foi ainda saltitando que a menina saiu pelas ruas de Santo Antônio das Tabocas, levando-me em seus braços. Na minha impotência, decidi calar meus protestos, quer dizer, meus latidos. Quando chegamos à loja de Francisquinho, ele cortava um pedaço de fustão grená para uma de suas freguesas.

- Bons dias, Fihinha. Como vai dona Adelaide?
- Vai muito bem, seu Francisco. A dona Maricota está?
- Tá sim. Acho que está chupando jabuticaba no quintal. Entre.

Ao nos ver, Maricota quase deixou cair a bacia cheia de jabuticaba que tinha no colo. Fez um escarcéu:

- É o meu totozinho? Ocê conseguiu? Que maravilha de bichinho, ocê é um anjo, menina. Dê cá, eu quero pegar. Já tem nome?
- Tem sim, dona Maricota: Tutuquinha.
- Vem cá, Tutuquinha, Tutuquinha da mamãe. Vem cá!

Fihinha passou-me para os braços de Maricota. A mulher pegou-me com as duas mãos, levantou-me a altura de seu rosto e cobriu-me de beijos, beijos molhados na boca, no focinho, nas orelhas, enquanto Fihinha retirava-se, mortificando-me com seu olhar safado. Tentei pedir-lhe que não me deixasse só com aquela mulher, mas o que saiu, mais uma vez, foi um latido esganiçado. Melhor era me calar.

Fihinha gritou, já da rua:
- Adeus, Tutuquinha. Ocê tá em boas mãos!

***

E estava. Um enorme totó, igual a um bicho de pelúcia, nas mãos de uma ninfomaníaca. Maricota colocou-me uma coleira no pescoço e amarrou-me ao pé da mesa da sala.

- Fique quietinho, meu Tutuquinha. A mamãe vai preparar um banho gostoso procê.

A Janela

Tremi nos alicerces ao vê-la encher, na sala de banho, uma enorme bacia com água morna. Tremi mais quando ela soltou minha coleira, tomou-me nos braços, esfregou-me contra seus enormes seios e disse:

-Vamos tomar um banho bem gostoso, Tutuquinha da mamãe.

Apreensivo, eu a vi trancar a porta do banheiro, desnudando-se em seguida inteiramente. Estudei as possibilidades de escape. Eram poucas, ou melhor, só havia uma: a janela fechada apenas com uma tramela, com uma patada eu a faria girar e, com a boca, poderia abri-la. Eu deveria, entretanto, ter aproveitado o momento em que se despia, pois, logo em seguida, ela me agarrou, meteu-se comigo dentro da bacia e começou a me esfregar. Suas mãos lascivas percorriam meu corpo, às vezes lentamente, outras com fúria, como se quisesse arrancar-me pedaços. Pretendi dizer, "por favor, não faça isso" só para ouvir um latido tímido, quase um gemido, que ela interpretou ser de puro prazer.

- Tutuquinha da mamãe!

Maricota começou a nos masturbar, a mão esquerda no meu pênis, a direita na sua vagina. Perdeu a compostura, seus gemidos na certa deveriam estar sendo ouvidos até na loja do marido. Com tanta esfregação meu pênis ficou duro; Maricota não perdeu tempo: enfiou-o em sua vagina e, com as duas mãos, segurando-me o pescoço e o traseiro, fez com que eu a fodesse e por fim, sem controle da minha vontade e de meus gestos, gozasse quase ao mesmo tempo em que ela, também, tinha o seu orgasmo. Respirei aliviado, crente que tudo tinha terminado. Ela, entretanto, queria mais. Enterrou meu cacete em sua boca e o chupou, demoradamente. O tremor de seu corpo, o gemido rápido e ofegante, indicava que ela atingira o segundo orgasmo. E queria mais. Já fora da bacia, deitada de costas no chão, as pernas abertas para cima, ela meteu minha cabeça em sua vagina, quase obrigando que meu focinho entrasse pela greta úmida e quente. Senti-me estuprado, um ódio imenso tomou conta de mim; ouvi meu rosnado colérico que só foi abafado pelo grito de Maricota, um grito de dor que deve ter sido ouvido até na Praça da Bica. Com certeira bocada, mordi sua vagina, quase arrancando um pedaço. Vendo-me estrangulado, reuni todas as minhas forças e saltei em direção à janela salvadora, fazendo rodar a tramela com patada certeira. Como a janela abria para dentro, precisei de um novo salto para puxá-la e, enfim, saltar para a liberdade, enquanto Maricota, cega de dor, procurava atingir-me com murros e pontapés. Não parei de correr, sentindo-me atraído por uma força que me levava para a Praça da Bica. Lá cheguei ao cair do crepúsculo. A menina de tranças estava de pé sobre o banco onde eu estive sentado. Eufórica, ela gritava:

- Corra, corra, Tutuquinha, senão a megera lhe pega!

E, com o dedo, ela apontou-me a porta por onde entrei disparado. Foi como se eu tivesse penetrado num turbilhão e, entre solavancos, vi-me recomposto na cama da Casa de Repouso.

19
RETORNO

Senti que alguém batia de leve em meu rosto e, como se viesse de muito longe, ouvi uma voz:

- Acorde, seu Tarquínio. Acorde!

Com muito custo abri os olhos e vi, ao meu lado, a mesma enfermeira que me fizera dormir quando cheguei à Casa de Repouso. Olhei para confirmar e notei que o catre e a penteadeira de Fihinha tinham desaparecido sem deixar nenhum vestígio. Balbuciei:

- Que bom, estou de retorno.

A enfermeira sorriu e confirmou:

- Sim senhor, de retorno.

Ela estava acompanhada de três outras pessoas, médicos certamente, pois se vestiam todos de branco. Dois senhores de seus quarenta e uma mulher de óculos que também estava atingindo a meia idade, uma loura empertigada que a todo momento ajeitava os óculos e escrevia qualquer coisa na folha de papel presa na prancheta que trazia consigo. Era a que mais me observava, media-me dos pés à cabeça, penetrava-me atrevidamente com seu olhar percuciente. Fiz um sinal para a enfermeira abaixar a cabeça e perguntei em seu ouvido:

- Quem é aquela espevitada?
- É a doutora Anunciação. Psiquiatra.

Só podia ser mesmo; levava jeito de entendida de doido. Decidi pegar o touro pelo chifre e a encarei, quando ela se aproximou da cama e começou a falar.

- Bom dia, senhor Tarquínio. Eu sou a doutora Maria da Anunciação e gostaria de conversar com o senhor assim que se sentir mais descansado. Depois de uma sonoterapia de quinze dias são necessárias, pelo menos, umas 24 horas de readaptação. Neste meio tempo a irmã Patrícia vai lhe ajudar no que puder. Não tente se levantar, seu corpo desacostumou-se com a posição ereta. Se levantar, cai. Volto amanhã para a nossa conversa. Bom dia.

Ela saiu acompanhada dos outros dois médicos, que apenas me cumprimentaram com acenos de cabeça. A enfermeira aproximou-se novamente da cama e mexeu numa manivela, a fim de fazer da cama uma espécie de sofá.

- O senhor está confortável assim? É preciso ir se acostumando com novas posições. Amanhã o senhor pode tentar ficar de pé, com minha ajuda, naturalmente. Um instantinho, volto já.

Num instante ela trouxe uma cadeira de rodas. Sorriu e disse:

- Ainda hoje podemos dar um passeio pelo hospital. Quer que eu lhe traga algum livro, revistas?

Acenei a cabeça que não e ela continuou:

- Então descanse. Tome aqui, de qualquer modo, o controle remoto da televisão. Se precisar de alguma coisa é só apertar a campainha.

Eu a vi afastar-se com um leve rebolado. Devia ter uns vinte e cinco anos, as partes muito bem distribuídas e sem a arrogância que deveria ser nata na outra de óculos. Simpatizei com a moça. Era domingo, pois, ao ligar a televisão, deparei-me com o Faustão gritando, mudei de canal só para cair na sintonia do Guto dizendo, com sua voz pastosa, babaquices do arco da velha. Tentei a Cultura, mas tive medo de dormir com a monotonia da programação; não queria ser assaltado num primeiro cochilo pela bruxa de tranças. Desliguei a televisão e apertei a campainha. Irmã Patrícia veio toda sorriso e perguntou o que eu queria. Fiz pose de conquistador e respondi:

- O que eu quero não posso nem dizer.

E ela, afagando-me a cabeça:

- O senhor é muito safado, viu?

- E aquele passeio que você me prometeu?

A moça não se fez de rogada, aproximou a cadeira de rodas até a beira da cama, passou o braço esquerdo em volta de meu pescoço e ajudou-me a levantar. No processo, de tão próximo, ouvi o palpitar de seu coração e o calor gostoso de seus seios quase tocando minha boca. Fechei os olhos em êxtase. Foi o bastante para ouvir outra voz conhecida:

- Seu sem-vergonha!

Não lhe dei resposta; ainda tinha os olhos fechados quando me sentei na cadeira. Irmã Patrícia assustou-se:

- O senhor não está se sentindo bem?

- Estou sim, me dê um beliscão para eu acordar.

Ela beliscou suave minhas bochechas.

- Seu Tarquínio!

Reprimia-me como a mãe ao filho que acabava de praticar uma travessura considerada genial. Passeamos mais de uma hora pela Casa de Repouso, fomos até a cantina, tomamos chá, jogamos conversa fora. Fiquei triste quando, ao voltarmos ao quarto, ela me disse:

- Até amanhã, senhor Tarquínio. Irmã Cláudia me substitui no turno da noite. E o senhor vai dormir, sono normal. Amanhã cedinho eu o acordo.

Sono normal, pois sim. Dormir, talvez sonhar. Talvez, não, certamente. Estendi-lhe as mãos em súplica:

- Não vá embora. Fique aqui. Vamos passar a noite conversando, eu não quero dormir.

- Comporte-se, seu Tarquínio.

E saiu, sorrindo, dando-me adeus. Na porta soprou-me um beijo.

Fui assaltado por uma imensa angústia. A noite ia caindo e eu sabia que, mais cedo ou mais tarde, eu não resistiria ao peso de minhas pálpebras. Irmã Cláudia entrou com um copo d'água e duas pílulas na palma da mão - tranquilizantes, na certa.

- Tome, que o senhor vai se sentir melhor.

Estendi minhas mãos para que ela passasse os comprimidos, mas não fui atendido.

- Não senhor, abra a boca.
- Não confia em mim?
- Instruções da doutora Maria da Anunciação. O senhor não pode deixar de tomar estas pílulas. Não posso correr o risco.

Filhos da puta, tratavam-me como louco. Endureci-me:

- Só tomo estas merdas se você me disser o que são e botá-las aqui, na palma de minha mão. Estão pensando que eu sou o quê?
- Calma, seu Tarquínio!
- Calma é o cacete! Onde está a filha da puta da doutora Anunciação? Não tomo e acabou!

Com um golpe rápido, retirei-lhe o copo da mão e o joguei ao solo. Irmã Cláudia afastou-se surpreendida, atolou o dedo na campainha, até que apareceram dois robustos senhores de branco. Não disseram uma palavra. Seguraram-me os braços e as pernas e fizeram um sinal de cabeça para a enfermeira, que ainda continuava encostada na parede com os olhos arregalados. Ela saiu, passado o estupor, numa carreira de gazela assustada para voltar, logo em seguida, trêmula, com os dois comprimidos e o copo d'água. Devia ser novata nas lides com doido; sua voz era de uma aflição maior do que a minha.

- Por favor, senhor Tarquínio, abra a boca, é para o seu bem!

Não atendi. O de branco, que estava do meu lado direito, no seu silêncio de algoz, apertou minhas ventas com seus dedos, que pareciam torniquetes. Em busca de ar abri minha boca. O outro troncudo pegou os comprimidos das mãos da enfermeira e os atirou com tanta força, que tocaram a campainha de minha garganta. O outro, eficiente, tapou-me a boca reduzindo a zero a possibilidade de que eu cuspisse as duas pílulas que já começavam a se dissolver num amargor de fel. Faltou-me o ar; no momento certo ele destapou-me a boca e o outro despejou a água que desceu goela abaixo com os dois barbitúricos. Num canto, irmã Cláudia, tão jovem como Irmã Patrícia, tremia assustada. Os dois continuaram me segurando, à espera que os comprimidos fizessem efeito. Não pude, portanto, conforme era minha intenção, meter o dedo na garganta e vomitar, se fosse preciso, até as tripas. Não sei quanto tempo durou aquela tortura, até que uma dormência foi tomando conta de meu corpo. Fihinha me esperava ao lado da cama:

- Pra que resistir, seu bobo! Fique sossegado, estou de saída. Vou deixar você dormir. A missão que tenho procê, a última, só lhe digo depois que ocê sair daqui. Comporte-se, viu, senão aqueles dois lhe quebram os ossos!

***

Fiquei feliz ao ver irmã Patrícia aproximar-se da cama, na manhã seguinte, trazendo a cadeira de rodas. Mesmo assim, mostrei-me contrariado e reclamei:

- Você vem só ou acompanhada dos torturadores?
- O que o senhor está dizendo?
- Não se faça de inocentinha, porque isto você não é, trabalhando num lugar deste. A sua coleguinha, ontem à noite, chamou dois brutamontes para me torturar. Por pouco não morro sufocado. Onde você quer me levar? Um passeio antes da sessão de tortura?
- O passeio fica para mais tarde. Agora vamos ao consultório da doutora Anunciação, que ela está esperando o senhor.
- Ah, direto à sala de tormentos, ao covil da chefa dos algozes! A megera de óculos. Desculpe, mas desta cama não me movo.

- Não faça isto, senhor Tarquínho. Eu não quero magoar o senhor, venha, vamos! O senhor sabe muito bem que se eu não o levar, eles levam. Vamos, assim, segure em me pescoço.

- Só vou se você me der um beijo.

Beijou-me a testa, rápido e estalado.

- Assim não. Quero mais demorado.

Atendeu com um beijo molhado de dez segundos e eu, dominado, ajudei com o corpo que ela me sentasse na cadeira. Mas não sem reclamar:

- Pode me levar para o suplício.

A doutora Anunciação esperava-me com os olhos baixos, lendo qualquer coisa - minha ficha, sem dúvida que se encontrava sob a escrivaninha. Sem levantar o olhar, sentada num ângulo de 45 graus perfeito, disse, autoritária:

- Pode se retirar, Irmã Patrícia.

Segurei-lhe as mãos com toda minha força, impedindo-a de sair. A psiquiatra, vendo-a ainda na sala, repetiu a ordem com mais ênfase:

- Retire-se, irmã Patrícia!

Fui eu que respondi:

- Ela não vai sair daqui, não senhora! O que tiver de falar, pode falar em sua presença. Eu não deixo ela sair; pode até chamar os carrascos que me torturaram ontem à noite.

A megera caminhou em nossa direção enquanto eu a desafiava com o olhar. Inesperada e bruscamente, ela liberou as mãos de Irmã Patrícia e falou como uma madrasta:

- Retire-se!

E, para mim, mudando o tom da voz:

- Senhor Tarquínio, sabemos que o senhor está perturbado, mas fique descansado que todos aqui só querem o seu bem, a sua saúde. Fique calmo e vamos conversar. Estou aqui para ajudá-lo, só para ajudá-lo.

- E por que a senhorita - é senhorita, é? - não vai ajudar a senhora sua mãe ou, quem sabe, a sua vovozinha?

A Janela

A psiquiatra afastou-se, sentando-se atrás de sua escrivaninha e encarando-me por alguns instantes. Disse com a frieza que a profissão exigia:

-Ok, pode desabafar. Diga tudo o que quiser dizer. Estou aqui para escutá-lo, senhor Tarquínio.

A sacana queria manter o controle da situação. Bancando a mãe compreensiva, dando-me autorização para dizer o que quisesse, como se eu precisasse disso. A minha carta foi o silêncio. E, para testar sua força, chamei-a para um olho-com-olho. Não sei quando tempo permanecemos naquele encaramento sem nenhuma piscada - eu esfregando as mãos; ela, irritante, batucando na escrivaninha com a ponta do lápis. Ao fim e ao cabo, a desgramada foi mais forte; pisquei primeiro. Para disfarçar meu fracasso, olhei as paredes em volta, assobiando. Cruzei novamente meus olhos com os seus só para notar um sorriso de vitória que me deixou arrasado. Sem dizer uma palavra, ela apertou uma campainha. Logo em seguida, alguém bateu à porta pedindo licença para entrar. Era, para meu alívio, irmã Patrícia. A doutora Anunciação, por fim, falou:

- Pode levar o senhor Tarquínio de volta para seu quarto. Ele ainda está muito cansado. Amanhã voltamos à nossa conversa. Temos tempo.

Abaixou a vista para ler minha ficha ou, melhor dizendo, para tripudiar em cima do adversário batido: eu. Irmã Patrícia, intimidada, empurrou a cadeira porta afora. No corredor soltei um grito de tremer prateleiras:

- Jararaca filha da puta!

Irmã Patrícia apressou o passo rumo ao meu quarto, implorando-me com a voz abafada, vigiando com os olhos para ver se ninguém estava escutando.

- Não faça isto, senhor Tarquínio. Eu não quero que eles o façam sofrer. Fique calmo, por favor!

Mal irmã Patrícia ajeitou-me na cama, apareceram dois novos troncudos rapazes, seguidos de uma enfermeira mais velha com uma bruta seringa na mão. Não esperei que eles me dominassem. Eu mesmo baixei as calças, virei-me de bruços e disse:

- Não é meter na minha bunda que vocês querem? Podem meter.

A enfermeira sapecou-me a injeção sob o olhar vigilante de seus colegas, enquanto irmã Patrícia segurava minhas mãos e acariciava minha cabeça. Primeiro senti um formigamento, em seguida uma calma, um cansaço que me deixou prostrado o dia inteiro. À noite, quando a substituta de irmã Patrícia apareceu com os comprimidos, já devidamente acompanhada dos brutamontes da véspera, eu simplesmente abri a boca permitindo que as pílulas fossem engolidas. Os dois idiotas sorriram de satisfação por ter me dobrado em uma única sessão de tortura. O fato é que, durante todo o dia, ainda que dopado pela droga que me injetaram, ponderei que tinha de mudar de tática; não adiantava ficar dando murro em ponta de faca, bancando o doido bravo, pedindo tratamento de choque. Decidi entrar no jogo da doutora Anunciação, bancar o louco manso que se trata só com conversa. Ia comportar-me direitinho para receber alta, no máximo, dentro de uma semana.

Logo que irmã Patrícia nos deixou, eu falei:

- Doutora Anunciação, eu quero pedir-lhe desculpas pela minha péssima conduta de ontem. Eu estava realmente transtornado. Mas ela é a culpada, não a senhora. É ela quem me atormenta todos estes anos.

- Ela?

- A senhora nem imagina. Chama-se Fihinha, é bruxa, minha tia, sabe, irmã de minha mãe. Todas as noites ela vem me atormentar, quase sempre vestida na mortalha com que foi enterrada.

Os olhos da psiquiatra brilharam de interesse. Levantou-se com a prancheta e o lápis, aproximou-se e pediu:

- Conte-me tudo, desde o princípio.

E contei mesmo, mas me defendendo nas partes que poderiam me incriminar, pois louco eu não sou.

A Janela

- Sabe, doutora, uma vez ela queria que eu matasse uma colega, uma escritora que pesquisava a vida de seu assassino. Chegou até a bolar com detalhes como deveria ser o assassinato.

- E você?

- Resisti com todas as minhas forças. Mas não foi fácil. A senhora não sabe o poder de persuasão que tem a danada da bruxa com seus olhos cinza. Noites e noites insistindo... Quando eu sair daqui, pretendo terminar o livro em que vou contar com todos os detalhes quem é essa bruxa.

Nossa primeira sessão durou três horas; a doutora Anunciação teve de dispensar vários pacientes. Durante toda a semana repetimos a dose. Ela via em mim, não conseguia disfarçar, uma mina de ouro para suas pesquisas. No décimo dia, quando eu já andava pelo quarto com o auxílio de uma bengala, irmã Patrícia entrou sorridente com a notícia:

- Segunda-feira o senhor vai receber alta. Vou ter saudade, sabia?

Mandei-lhe um beijo e ela saiu rebolando o bumbum.

***

Passei uma semana deliciosa em casa. Lia, via televisão, à tarde passeava na beira da praia e dormia sem ser importunado. Tinha sessões de análise com a doutora Anunciação às terças e quintas; a bandida estava fascinada pela Fihinha.

- Quer dizer que ela o domina com o olhar?

- Pode crer, a bruxa fez de mim sua marionete. Mexe os pauzinhos e eu não tenho como resistir.

- Em sua infância, o senhor não conheceu ninguém parecido com ela? Alguém que lhe tenha botado medo?

Não desvie o assunto. Tive uma infância normal, minha mãe só me batia com chineladas na bunda e isto não deixa marca nem trauma. Antes de eu começar a pesquisar a vida da danada, eu podia entrar para o livro Guiness de recordes como o sujeito mais normal do mundo. Cem por cento normal: parava nos sinais vermelhos, assistia à novela das oito, comungava com a caretice generalizada, um cidadão nota dez. Desculpe, mas esta pista está errada. Ou a senhora está pensando que eu sou louco?

- Todos nós somos, senhor Tarquínio.

- Uns mais do que os outros. Não queimo dinheiro, não jogo pedra em quem está quieto. Logo, estou na faixa, vamos dizer assim, dos loucos normais. Me desculpe, mas eu devia consultar era um parapsicólogo ou, então, uma mãe de santo qualquer, gente entendida de alma penada. Freud não explica estas coisas não, viu. Nem o Jung. Não é sonho que eu tenho, propriamente dito. O negócio é outro, a senhora não percebe? A Fihinha está, simplesmente, aproveitando-se de mim enquanto durmo. Não perca tempo com interpretações, que isto é pista falsa.

A doutora Anunciação escreveu tudo em seu caderno sem mover um músculo do rosto, sem ensaiar um sorriso, por mais leve que fosse. Mas, mesmo atrás da máscara de passividade, eu podia notar o seu contentamento por ter encontrado um paciente, um caso, fora das neuroses corriqueiras. O afã com que escrevia era mais do que uma prova deste interesse; não confiava sequer no gravador que registrava toda a nossa conversa.

***

Ao cabo de três semanas pensei que Fihinha havia desaparecido, afugentada, exorcismada pela doutora Anunciação. Será que ela seria mesmo apenas uma alucinação de louco? Engano meu: Fihinha surgiu na noite de um sábado da quarta semana após minha volta e foi logo dizendo:

- Tutuquinha, nosso tempo é curto. É agora que ocê vai me fazer o último favor. Depois eu deixo ocê ir levando sua vidinha tranquila.

- O que você quer?

- Eu já lhe pedi uma vez. Nada de muito especial. Seu corpo. Você me empresta seu corpo que eu quero fazer aquilo com a irmã Patrícia.

- Você não tem escrúpulo nenhum, credo.

A Janela

Fui fuzilado por seus olhos cinza. Ela não disse nada, enquanto eu, paralisado, senti que minha vontade evaporava-se, que eu ia perdendo até mesmo o domínio sobre meus movimentos. Fihinha, através de seus olhos, ia apossando-se de mim. Lembro-me, vagamente, de ter telefonado para irmã Patrícia; não sei o que lhe disse, muito menos o que combinamos. Quando voltei a controlar meus movimentos, a ter vontade própria, vi-me deitado, nu, ao lado de irmã Patrícia, também largada na cama, igualmente nua, com seus cabelos soltos sobre o travesseiro. Sorria satisfeita - eu diria: em estado de êxtase de quem teve todas as suas fantasias realizadas. E com meu corpo manobrado pela bruxa. Ainda na fronteira entre o estar dormindo e o estar acordado, ouvi a voz de Fihinha:

- Foi delicioso, Tutuquinha. Adeus!

Um adeus seco e definitivo. Desapareceu como se se desfizesse no ar, deixando-me como um palerma ao lado de irmã Patrícia.

20
REPOUSO

Acho que perdi a noção de tempo nesta calmaria em que me encontro, após a precipitação dos acontecimentos, o vendaval que se seguiu meses depois de ter deixado a Casa de Repouso e de minhas sessões com a doutora Anunciação. Foi até divertido. Ela, sempre muito séria, anotando os mínimos gestos, procurando decifrar o significado de um piscar de olho; o que poderia estar escondido por trás do franzir de sobrancelhas, do estalar de um dedo ou de um inesperado bocejo. Mas não foi por nada suas anotações e gravações; seis meses depois de nosso primeiro encontro saía no Jornal de Psicanálise um longo artigo da doutora Anunciação, relatando quase tintim por tintim meu caso com a Fihinha, um resumo detalhado em psiquiatrês, poderíamos dizer, de meu livro. Transcrevo a seguir a conclusão de seu artigo titulado *O Paciente X: Um Caso de Obsessão*.

Conclusão

Em meus doze anos no exercício da psiquiatria e do tratamento de enfermidades mentais, nunca um caso como o do Paciente X me deixou num dilema de interpretação tão grande.

Primeira linha de interpretação: O caso nos leva a crer estarmos diante de um dos maiores exemplos de obsessão *in extremis* e de superação do real pelo imaginário. A tia morta, ao cabo de um longo processo esquizofrênico, adquiriu uma personalidade tão forte, que passou a dominar o pesquisador preso numa teia imaginária que suplantou o mundo real. Não estamos falando de uma simples confusão entre o real e o imaginário; estamos falando do total aniquilamento do primeiro pelo segundo, o fim de um processo esquizofrênico em que a parte "sã" da mente perdeu a batalha para a outra parte, a "enferma", dominada pela tia. E mesmo no estágio anterior, quando o conflito não estava ainda resolvido, a análise do comportamento da parte "sã" já apontava para perturbações que as colocam no terreno dos desajustes mentais graves. Ninguém, no pleno exercício da razão, poderia adotar, por exemplo, como meio de combater a parte "insana", método tão absurdo como o do despertador com alarme programado a cada quinze minutos. Nesta linha de interpretação, só podemos concluir que o estado psicótico do paciente atingiu um ponto em que o internamento é mais do que recomendável, mesmo porque há sempre o perigo de que as fantasias criminosas sugeridas pela tia possam ser postas em prática, o que transformaria o paciente num caso patológico potencialmente perigoso para a sociedade. Aqui chegamos à maior encruzilhada de todos os psiquiatras: o dilema de priorizar a cura do enfermo a qualquer custo ou proteger a sociedade contra os riscos potenciais que ele representa.

Segunda linha de interpretação: O paciente não acredita em absolutamente nada do que relatou. Toda a fantasia ele a criou no plano consciente, com o objetivo de escrever o livro sobre sua tia, aproveitando-se disso para extravasar suas frustrações, seus recalques e seus desejos inconfessáveis. O paciente, de fato, faz uma catarse. A maneira coordenada de seus relatos durante as sessões de análise, o rigor da racionalização de suas fantasias, sugerem que esta seja uma possibilidade real. Neste caso, não estamos diante de um esquizofrênico, mas sim de um grande ator que sabe representar muito bem o papel do desequilibrado mental para atingir seus objetivos. Mas, mesmo nesta segunda linha de interpretação, a obsessão com que o paciente interpreta seu papel não nos permite colocá-lo no bloco, ainda que mal definido, daquilo que chamamos de "indivíduos normais". De uma maneira ou de outra, o paciente X é um caso extremo de obsessão: obsessão pela tia que o dominou ou obsessão pela representação de seu papel de obcecado pela vida da tia. Em ambos os casos, o Paciente X é passível de tratamento psiquiátrico.

Naturalmente existe uma **terceira linha de interpretação**, mas esta foge ao terreno da psiquiatria: sua tia foi realmente uma bruxa e voltou para dominá-lo. Minha formação não me permite acreditar nesta hipótese, mas pesquisadores sérios como o doutor Fábio da Mata, especialista no estudo de fenômenos paranormais, ao discutir comigo o caso do paciente X, afirmou que esta é uma possibilidade que não podemos descartar.

Por conta desta doutora Anunciação eu estaria era num hospício, metido numa camisa de força. Se eu tivesse sabido antes, teria ido discutir meu caso com o tal de Dr. Fábio; agora já é tarde. E o diabo é que o artigo da doutora Anunciação extrapolou a patota dos psiquiatras e caiu nas mãos de um jornalista que andava vidrado no crime da Humberto de Alencar Castelo Branco. Não precisava ser muito inteligente para fazer as ligações: a tia morta, sugerindo o assassinato da pesquisadora da vida de seu assassino, era uma pista segura de que o paciente X poderia ser o falso louro que a polícia nunca encontrou. A primeira coisa que o abelhudo do repórter fez - o cretino do Amado Siqueira - foi entrevistar a doutora Maria da Anunciação, que o recebeu a contragosto e de mau humor. Amado foi ao ponto:

- Qual é o nome e o endereço do paciente X?

A Janela

- Esta é uma informação sigilosa. O senhor nunca ouviu falar da responsabilidade dos médicos - especialmente dos psiquiatras - com seus pacientes? E mais, é um sigilo protegido por lei.

- A doutora, então, quer proteger um assassino deste calibre?

Enquanto falava, o repórter mostrou-lhe o número do jornal falando do "hediondo crime da Rua Humberto Alencar Castelo Branco". A doutora olhou com desprezo a enorme manchete e respondeu seca e decidida:

- Passe bem, senhor Siqueira, nossa entrevista está encerrada.

- A doutora está protegendo um dos assassinos mais cruéis da História de nosso país. Um inimigo público que todo cidadão tem o dever de denunciar.

- Passe bem, senhor Siqueira.

A doutora Anunciação não esperou que o jornalista se retirasse de seu consultório; levantou-se e saiu batendo a porta. Amado veio em seu encalço, gritando pelos corredores da Casa de Repouso:

- Doutora Anunciação, a senhora não pode proteger este assassino!

Dois parrudos, iguais àqueles que me seguraram, jogaram o Amado no olho da rua, enquanto o fotógrafo que o acompanhava registrava tudo em sua Nikkon.

- Cambada, vocês vão ver amanhã!

E viram, no outro dia, a grande manchete da *Tribuna do Povo*, um jornal que, espremido, deixava cair sangue.

O Mistério do Massacre no Jardim Paulista
PSIQUIATRA PROTEGE O ASSASSINO

O repórter Amado Siqueira desvenda o mistério: o assassino é o paciente X da Casa de Repouso de Jacarepaguá. Leia nas páginas 3 e 4.

Lá no fim da reportagem, em que promete revelar nos próximos dias a identidade do Paciente X, Amado Siqueira decide terminar com uma lição de ética para a doutora Anunciação:

O juramento de Hipócrates não prevê a proteção de assassinos e elementos prejudiciais à Sociedade. Doutora Anunciação, cumpra o seu dever de cidadã responsável!

Foi assim mesmo, um ponto de exclamação enorme, em negrito, como se fosse uma seta cravada na consciência da doutora Anunciação. Mas não surtiu o efeito desejado. Com a expressão dura, em que não se via mover nem um músculo da face, encarando a secretária que lhe trouxe o jornal, exibindo espanto de quem viu assombração, a doutora fez uma leitura por alto e disse seca:

- Jogue esta bobagem no lixo!

Em nenhuma parte de seu artigo no Jornal de Psiquiatria a doutora Anunciação escreveu que o Paciente X tivesse sido internado na Casa de Repouso de Jacarepaguá. Foi um chute calculado de Amado Siqueira, movido por sua experiência de vinte anos de reportagem policial. "Foi lá mesmo que o pilantra se meteu" - pensava o repórter, desprezando os condicionais. "E eu vou descobrir fácil, fácil sua identidade, nem que tenha de arrombar os arquivos da filha da puta daquela doutora".

Antes, porém, de aplicar método tão drástico, Amado Siqueira recorreu às suas artimanhas de repórter. Entre outras coisas, contratou como olheiro na Casa de Repouso, um faxineiro de salário mínimo, que ficou muito satisfeito com os trocados extras recebidos.

- Você fique de orelha em pé e me conte tudo que ouvir. Quero saber, também, onde ficam os computadores e os arquivos, o lugar onde eles guardam a papelada.

Durante uma semana, Amado não conseguiu apurar nada de concreto. Mesmo assim, prosseguia a série de reportagens sobre *O Mistério do Massacre no Jardim Paulista*, dizendo que a equação já estava quase resolvida e que, dentro em pouco, seus leitores não só saberiam o nome do Paciente X, mas, também, viriam a face do monstro - era assim que ele me chamava - estampada na primeira página da *Tribuna do Povo*. E, de fato, eu vi minha foto - originalmente publicada numa resenha de livros por ocasião do lançamento de meu primeiro romance - tomando conta da metade da primeira página do jornaleco. Embaixo, a legenda:

Este é o Monstro

A propina paga ao faxineiro rendeu seus dividendos, quando ele reproduziu para Amado este diálogo entre os dois brutamontes que me forçaram a tomar os barbitúricos:

- Lembra-se daquele escritorzinho metido a besta?
- Se lembro! Quebramo ele de primeira. Acho que depois daquela, a gente fazia ele comer até churrasco de mãe.
- Como era mesmo o nome do cretino?
- Sei lá... Acho que era Tarquínio qualquer coisa.

Ao ouvir isso, Amado bateu com toda a força nas costas do faxineiro e gritou eufórico:

- Garoto, você acaba de solucionar O *Mistério do Massacre do Jardim Paulista*. Os coleguinhas de São Paulo vão ficar putos da vida. Foi preciso o papai aqui, no Rio de Janeiro, para resolver o mistério, que era deles.

As coisas se precipitaram. Seis meses depois de ter sido preso, fui levado a júri. O promotor, com a ajuda de Amado Siqueira, ajuntou um calhamaço de 850 páginas, três vezes o volume de meu livro - capaz de me mandar ao xilindró para o resto da vida. A minha primeira providência, após ver minha foto na Tribuna do Povo, foi tentar destruir tudo o que tinha escrito sobre Fihinha e as informações que roubei de Rosa Batista. Para maior segurança, formatei meu hard disc, a fim de não deixar nenhum traço. Queimei tudo que tinha imprimido e destruí, quebrando-os em pedaços depois de formatá-los, os cinco disquetes com cópias de meu livro e da tese da Rosa.

Cheguei a desejar que Fihinha aparecesse, mas minhas noites foram apenas povoadas de sonhos e pesadelos corriqueiros, alimentados pela perspectiva da perda da liberdade. Acordei uma noite suando frio e gritando:

- Fihinha, tire-me desta enrascada!

Em resposta ouvi apenas o vento lá fora batendo nas folhas, produzindo um ruído semelhante a uma conhecida risada. Além disso, mais nada.

Eu deveria ter destruído todos os meus disquetes. No meio dos mais de 300 disquetes que a polícia levou de meu apartamento foi encontrada uma cópia, não do livro em que eu cortara as partes que me incriminavam, mas de todas as minhas anotações dos encontros com Fihinha, de tudo o que eu fiz sob seu domínio. Além do mais, no maldito disquete, num diretório que dei o título de "shit", a íntegra da tese de Rosa Batista. O lado positivo de tudo isso é que se fez fila de editores para publicar meu livro - o livro do monstro, autor do massacre da Humberto Alencar Castelo Branco. Atrás das grades, sim, mas com um best-seller nas livrarias.

Não foi difícil para a polícia, acompanhada de um bando de repórteres, encontrar a faca enterrada perto de um desvio da Fernão Dias. A arma do crime, o motivo... Estava tudo reunido para minha condenação inapelável. Entreguei os pontos. Sujeitei-me até à reconstituição do crime, acompanhada e transmitida ao vivo por todas as redes de televisão do país. Confesso que gostei, deliciei-me enquanto pude com aquele momento de tanta notoriedade, como um ator representando seu melhor ato para uma plateia de milhões. Não quis contratar advogado, impuseram-me um de porta de delegacia. O idiota veio me dizer:

- Seu Tarquínio, a situação está preta. Não há como fugir à evidência dos fatos. O recurso, portanto, é apelar para a loucura. Talvez seja interessante pedir o depoimento da Dra. Anunciação.

- E que vantagem a Maria leva?

- Como assim?

A Janela

- Ora doutor, doutor Felisberto, não é isso? Que vantagem eu levo indo para uma penitenciária de louco e não para uma penitenciária de criminoso? Nesta última, pelo menos, não corro o risco de levar choque elétrico.

- Você não precisa bancar o louco; você é louco mesmo!

- E o doutorzinho aí é um cretino filho da puta! Você não tem minha autorização para me apresentar como desequilibrado mental.

- Então, não tem jeito. Você está fodido e mal pago!

- E é preciso me dizer?

Claro que não era preciso. Fui sapecado com uma sentença de trinta anos de cadeia pela morte de Rosa, trinta por conta da empregada e outros trinta por conta do porteiro. Meus bens foram sequestrados e os direitos autorais penhorados para indenização das famílias de minhas vítimas. Melhor que não engoliram a pílula da loucura; aceitaram ao pé da letra a argumentação do promotor:

- Estamos diante de uma inteligência colocada a serviço do mal. Um assassino frio e sem escrúpulos, capaz de executar inocentes para a obtenção de seus objetivos. A pena máxima é o único castigo justo para esta pústula humana.

No princípio, passei pelas dificuldades costumeiras de adaptação à rotina da penitenciária. Optei pelo isolamento. Não quis fazer amigos entre os demais detentos, só conversando quando era absolutamente necessário e o mínimo possível. Cresceu, dentro de mim, um desinteresse quase total por qualquer contato humano. Procurava comer só, lia, exercitava-me, também de preferência só. E, à noite, sonhava, na esperança de que a bruxa viesse tirar-me daquele suplício, nem que fosse para me sepultar em seu mundo - no meio do inferno. Mas ela nunca mais apareceu. Há cinco anos que me encontro neste repouso forçado entre as quatro paredes de minha cela, compartilhada com três estranhos.

EPÍLOGO

Estava tomando sol no pátio da penitenciária, os olhos semicerrados, a mente inteiramente vazia, quando o guarda veio me dizer que eu tinha visita.

- Visita?
- Exatamente. Ande rápido, que são só dez minutos.

O resto de curiosidade que ainda persistia em meu cérebro levou-me à sala onde os detentos recebiam visitas, separadas por uma parede de vidro. A menos de três metros estava um policial segurando um fuzil automático. Sentado, vi chegar através da parede de vidro uma mulher de mãos dadas com uma criança. Uma menina. Não foi difícil perceber que a mulher era Patrícia. E a menina era sua filha, que ela julgava ser também minha. Tremi por dentro e por fora. Patrícia sentou-se com a menina no colo, deu aquele sorriso sem graça de quem sabe que o outro está na merda e disse:

- Esta aqui é a Maria Amélia. Acho que você tem direito de conhecê-la, pois é sua filha.
- Maria Amélia? Onde você foi arranjar este nome?
- Você não gosta? Sonhei com uma mulher muito bonita, muito parecida com nossa filha, dizendo que este devia ser o nome.

A Janela

Lá estava ela, sentada no colo de Patrícia, os olhos cinza de gato, zombando de minha desgraça com seu sorriso de bruxa. Estive por alguns instantes paralisado, sem capacidade de responder.

Patrícia acrescentou:
- Você não acha uma beleza a nossa Fihinha?

Foi a gota d'água. Com um salto de felino apossei-me do fuzil que o guarda segurava com displicência e o apontei em direção ao peito da menina. Apertei o gatilho, a bala despedaçou sem problema a parede de vidro mas não foi cravar no alvo desejado. Patrícia lançou-se para frente, a fim de proteger o corpo da filha e eu a vi tombar, de bruços, exibindo nas costas uma rosa de sangue. Senti-me atordoado devido à pancada que levei na cabeça, enquanto era arrastado por uns cinco guardas para fora do compartimento de visitas. A zonzeira da pancada, entretanto, não foi suficiente para me livrar do olhar de deboche com que a menina me fuzilou, enquanto era levada nos braços de uma policial.

NOTA SOBRE O AUTOR

Tarcisio Lage nasceu em Abaeté, MG, em 1941. Estudou economia na Universidade de Minas Gerais e iniciou sua carreira jornalística como repórter do jornal Ultima Hora, em 1962. Trabalhou em praticamente todas as grandes publicações do Brasil: O Jornal e a extinta revista O Cruzeiro, no Rio de Janeiro; Folha da Tarde, Folha de São Paulo, Jornal da Tarde e Estado de São Paulo, na capital paulista.

Em 1969, devido à sua militância política contra a ditadura militar e à sua descrença no rumo em que a luta se desenvolvia, ele partiu para o exílio no Chile, onde assistiu todo o processo da eleição de Salvador Allende. De 1971 a 1974 trabalhou no Serviço Brasileiro da BBC, em Londres. Em seguida, passou seis anos no Departamento Brasileiro da Rádio Suíça Internacional em Berna, regressando ao Brasil no final de 1979, quando o regime militar, moribundo, publicou a lei de anistia. No final de 1981 foi atraído pela Radio Nederland, a emissora internacional da Holanda, situada na cidade de Hilversum. Em 2002 aposentou-se quando exercia o cargo de coordenador da equipe brasileira da Radio Nederland. A partir dessa época vem dedicando todo o seu tempo a escrever. **A Janela** é seu terceiro romance. Em 1993 publicou **Os Muros de Jerusalém** pela editora Estação Liberdade de São Paulo e, em 2007, **Eu, Cidade**, pela editora Booklink Publicações Ltda, do Rio de Janeiro. Os Muros de Jerusalém, com seu título original Jerusalém Precisa Ser Destruída e EU, CIDADE estão sendo publicados novamente, disponibilizados no site Amazon.com. Tarcísio Lage é também autor de livros infantis e ensaios disponíveis na página web:

www.ciberlivraria.com.br

Atualmente o autor está escrevendo seu quarto romance.

Made in the USA
San Bernardino, CA
20 December 2013